RECRÉATIONS

POÉTIQUES.

RÉCRÉATIONS

POÉTIQUES.

IMPRIMERIE DE J. TASTU.

RÉCRÉATIONS
POÉTIQUES,

ou

MÉLANGES

DE POÉSIES GALANTES, POLITIQUES,
BADINES ET MORALES.

PAR A. B. VIGAROSY,
EX CAPITAINE D'ÉTAT-MAJOR, AIDE-DE-CAMP.

PARIS,
LECAUDEY, LIBRAIRE,
GRANDE COUR DU PALAIS-ROYAL.

——

1823.

RÉCRÉATIONS
POÉTIQUES.

AVANT-PROPOS.

C'est pour chasser l'ennui qu'enfante la paresse ;
C'est pour tromper le temps, qui nous poursuit sans cesse,
Que j'invoque Apollon, charme de mes loisirs :
Je ne travaille pas, je me fais des plaisirs.
    Une ambition importune
    De célébrité, de fortune,
    Ne troubla jamais mon repos ;
    Et si, malgré tous leurs défauts,
Lecteur, j'ose t'offrir les plaisirs de ma muse,
    C'est que sans se rendre fameux
    Dans le beau langage des dieux,
Un rimeur, quelquefois, nous charme, nous amuse ;
Et que, par des efforts souvent même trompeurs,
Sans acheter trop cher de fragiles honneurs,
Sans gravir, haletant, au sommet du Parnasse,
On peut au pied du mont, où je cherche une place,
    Glaner encore quelques fleurs.
Oui, souvent sans laurier, avec ces fleurs modestes,
Plus d'un poète errant dans des sentiers agrestes,

AVANT-PROPOS.

Loin du divin sommet,
Compose un aimable bouquet,
Qui nous réjouit, qui nous plaît,
Qu'on reçoit avec bienveillance.
Comme ces modestes rimeurs,
A qui le plaisir fait pardonner mille erreurs,
Ne pourrais-je, avec confiance,
Offrir mon livre à l'indulgence,
Et plaire aux aimables lecteurs
Qui souvent, dans leur inconstance,
Savent, pour charmer leurs loisirs,
Passer des jeux savans aux modestes plaisirs.

Plusieurs sujets sur lesquels je me suis exercé, ayant des rapports plus ou moins directs à la politique du jour, aux prétentions, aux ridicules, aux abus que cette politique a ressuscités, je dois rappeler ici que ces prétentions, ces ridicules, ces abus doivent être du domaine de la critique, de l'épigramme, comme ils le furent jadis ; et que si des personnes ombrageuses se trouvent offusquées d'une censure exercée sous

les formes les moins capables de blesser
les susceptibilités les plus extrêmes, la
faute n'en saurait être à celui qui attaque
des choses condamnables, mais à ceux qui
les pratiquent et qui en tirent vanité. Tout
le monde sait, d'ailleurs, que la poésie vivant presque toujours de fictions et d'exa-
gérations, elle ne saurait être jugée comme
une prose froidement raisonnée.

Boileau, justement surnommé le poëte
de la raison, honoré des bienfaits de
Louis XIV, estimé et considéré des grands,
donna une haute idée de l'opinion qu'il
avait de la noblesse de son temps, en la
jugeant supérieure aux préjugés qu'il attaque si victorieusement dans sa satire
contre la noblesse, qu'il dédia à M. *le marquis de Dangeau :* car on ne saurait sup-
poser qu'il ait voulu blesser des protec-
teurs, des amis. Ce poëte, l'effroi du
ridicule, eût-il, de nos jours, montré plus

de réserve? C'est ce que j'ignore : mais ce que je peux dire, c'est que je ne vois rien dans notre *Charte constitutionnelle* qui autorise la susceptibilité qu'il n'a point redoutée, et qui commande la circonspection dont il s'est cru dispensé.

Quoi qu'il en soit, *une opposition estimable*, a dit un ministre de France [1], *est l'opposition des intérêts généraux, et non pas celle des personnes.* En effet, l'envie, la haine portent à l'opposition des personnes; les sentimens les plus honorables peuvent inspirer l'opposition des choses, ou des *intérêts généraux.* Si je fais des vœux, et des vœux aussi ardens qu'inutiles, pour le triomphe d'*intérêts* que je crois *justes et légitimes,* sur d'autres *intérêts* que je crois *injustes et usurpés,* je n'en ferai jamais pour le triomphe d'hom-

[1] M. de Villèle à la chambre des députés, séance du 3 mai 1823.

mes sur d'autres hommes ; et je verrai toujours avec peine qu'une fraction de l'espèce humaine, quelque petite qu'elle puisse être, ait à s'affliger de ce qui peut arriver d'heureux à l'humanité.

Mais il existe deux *oppositions d'intérêts* bien distinctes : *l'opposition du privilège* contre les *intérêts des peuples*, et *l'opposition des peuples* contre les *intérêts du privilège.* L'une et l'autre de ces oppositions pouvant être attribuée à des intentions pures, à des sentimens honorables, il est, néanmoins, cette différence à établir, que celle des oppositions qui est aujourd'hui, non-seulement exclue de toute protection, de toute faveur, mais encore tous les jours de plus en plus exposée aux rigueurs et à tous les caprices des passions privilégiées, est celle qui porte le caractère le plus capable de faire bien préjuger des sentimens qui l'inspirent ; e:, par conséquent, celle qui a le plus de droits à l'estime des uns et à l'indulgence des autres.

Loin de moi l'idée de rien ôter du mérite de ces hommes qui, placés dans les rangs de ceux que le pouvoir protége et récompense, ont donné des preuves de leur désintéressement, et dont le caractère bien connu est une garantie honorable de l'indépendance et de la loyauté de leurs opinions. Je sais et n'oublierai jamais que tous les hommes sans distinctions de *classes* et *de partis*, qui, avec des intentions pures, défendent *par des moyens honnétes* les opinions les plus opposées, sont généralement tous également estimables. Aussi est-il dans les rangs de ceux dont je combats les vues politiques, des personnes dont l'estime, dont l'amitié m'est chère, et qui ne sauraient voir dans mon opposition que ce que je vois dans la leur :

l'effet d'une conviction intime, des intentions les plus pures, et d'un devoir de
conscience impérieux pour tout honnête
homme attaché à tout ce qu'il croit la justice, la raison, la vérité.

Quoi qu'il en soit,

Rappelons-nous toujours que les vertus aimables
    Font seules les *honnêtes gens*,
Et qu'on doit estimer tous les gens estimables,
    Dans tous les *partis*, tous les *rangs*.

Dans l'idée de mieux justifier le titre
que j'ai choisi, j'ai mêlé mes poésies *galantes, politiques, badines* et *morales*, de
la manière qui m'a paru la plus propre à
éloigner la monotonie, la fatigue, et à
faire dans l'esprit du lecteur une diver-
sion susceptible de soutenir sa curiosité,
et cette part d'intérêt qu'il pourra m'ac-
corder.

Qu'on ne m'accuse point de m'être dissimulé les justes reproches qu'une critique impartiale peut m'adresser; bien loin de là, j'ai calculé tout ce que des préventions injustes et des passions coupables pourront y ajouter d'amertume : mais je n'ai pu me laisser arrêter par ces dangers, lorsque les noms les plus honorablement célèbres n'ont pu échapper aux traits les plus empoisonnés, et que, d'ailleurs, les efforts de la malveillance deviennent le plus souvent, pour ceux qui en sont l'objet, des titres à la bienveillance *des vrais honnêtes gens.*

AVANT-PROPOS.

RÉCRÉATIONS
POÉTIQUES.

~~~~~~

LE SOLDAT LABOUREUR.

1814.

ILs sont passés les jours de gloire !
La paix, le silence des champs
Succède aux cris de la victoire,
Au bruit, au tumulte des camps.
Mon sang coula pour la patrie,
Il baigna nos lauriers vainqueurs !
Mes champs ! il me reste la vie ;
Je viens vous offrir mes sueurs.

Souvent les larmes de mon père
Arrosèrent ces champs poudreux....
Je n'ai pu fermer sa paupière....
Je n'ai point reçu ses adieux....

O mes champs ! confondez nos larmes !
Nature ! je sens tes rigueurs !...
Soldat, j'affrontai les alarmes ;
Je suis fils, je verse des pleurs.

Sur d'humbles, paisibles fougères,
Je viens déposer mes lauriers ;
Je reprends le soc de mes pères ;
J'ai quitté l'habit des guerriers.
Mais l'habit sacré des batailles
Un jour reparaîtra plus beau :
Il ornera mes funérailles,
Il me suivra jusqu'au tombeau.

Je ne garde à ma boutonnière
Que ce ruban, signe d'honneur ;
Il portera dans ma chaumière
Un souvenir consolateur.
Il fera chérir au village
Les nobles exploits des héros ;
Il rappellera mon courage
Dans mes plus pénibles travaux.

Dans tes revers, ô ma patrie !
Un Bourbon veille sur ton sort ;
Pour repousser l'ignominie

Je suis à lui jusqu'à la mort.
Si contre tes droits et ta gloire,
O France! s'armaient des tyrans,
J'irai rappeler la victoire
Et combattre avec tes enfans.

Aux derniers jours de ma vieillesse,
Je me traînerai dans leurs rangs;
J'irai montrer à leur jeunesse
Mes blessures, mes cheveux blancs;
L'exercer dans l'art de la guerre,
L'enflammer de maint souvenir,
Et, frappé sous notre bannière,
Lui montrer comme on doit mourir.

Enfans chéris de la victoire,
Adieu! nous voilà séparés!
Il n'est plus de combats, de gloire;
Allons sillonner nos guérets!
Mais veillons toujours sur la France;
Confondons encore nos vœux!
Des grands souvenirs la puissance
Unit tous les cœurs généreux.

~~~~~~

LES POULES ET LE COQ.

FABLE.

—

Dans une vaste basse-cour
Où sultan Coq tenait sa cour,
Maints cochets libertins, aux poules, aux poulettes
Les plus jeunes, les plus coquettes,
Débitaient cent propos d'amour.
Seigneur Coq oyant ces fleurettes,
Et soupçonnant, d'ailleurs, des intrigues secrètes,
Assembla son sérail, et dit fort en courroux :
Comment ! perfides que vous êtes,
Trahir votre amant, votre époux !
Écouter les fades sornettes
Des faquins chercheurs de conquêtes !
Ne peut-on les traiter avec sévérité?...
Mais, propos de cochets vous mettent en gaîté !
A les bien accueillir vous êtes toujours prêtes !
Et puis, dans vos détours, sait-on ce que vous faites?
Pourtant de la fidélité
La colombe en ces lieux vous offre le modèle !...

— Seigneur, dit aussitôt une jeune femelle,
Nous estimons beaucoup l'épouse du pigeon :
    Elle est constante, elle est fidelle ;
    Mais en savez-vous la raison,
    Seigneur? c'est que, dans cette espèce,
    Chaque amant n'a qu'une maîtresse.

~~~~~~

PENSÉE.

—

L'INSTINCT conduit l'*Enfance* en ses premiers besoins ;
L'*Imagination* entraîne la *Jeunesse* ;
La *Raison* guide l'*Homme* en ses utiles soins,
Et l'*Habitude* enfin conseille la *Vieillesse*.

LA FORCE, L'ASTUCE et LA RAISON.

FABLE.

—

La Force, la Raison, l'Astuce, un beau matin,
Pour chercher de l'emploi près des rois de la terre
        Se mirent en chemin.
Près d'un roi belliqueux, la Force, la première,
Reçut ample faveur ; puis chez un roi cagot
L'Astuce fut admise, et gouverna bientôt :
Mais, hélas ! la Raison, en butte à la colère,
Aux refus, aux dédains et des rois et des grands,
Baffouée en tous lieux par de vils intrigans,
Fuyait la calomnie, et cherchait un asile
A l'abri des complots de l'espèce servile,
Quand un roi philosophe, ami de ses sujets,
L'appela pour l'aider en ses nobles projets.
Ainsi, toutes les trois ayant pouvoir suprême,
Chacune gouverna sur différent système.
        La Force, dans tous ses États
Évoquant la terreur, évoquant les alarmes,
        Répandit en tous lieux des armes,

Dont elle fut frappée à son premier faux pas.
L'Astuce, professant partout la perfidie,
Et dans tous ses États répandant son poison,
Victime de son œuvre, elle perdit la vie
        Par une infâme trahison.
        Quel fut le sort de la Raison ?
        Pratiquant les sages maximes,
Et de la vérité rallumant le flambeau,
Partout de l'ignorance arrachant le bandeau,
Accoutuma les cœurs aux sentimens sublimes,
        Et trouva dans un règne heureux
Le prix de ses leçons, de ses soins généreux,
Rappelant à ces rois qui font tant de coupables,
Que seule la Raison fait les gens estimables.

AGNÈS ET LE PÊCHEUR.

ROMANCE.

—

Un jour, sur la rive du Tage,
Agnès seule se promenait ;
Un pêcheur, tout près du rivage,
Dans sa barque se reposait.
Charles, c'est le nom du perfide,
Dit à la bergère timide :
— Rassurez-vous, n'ayez pas peur ;
Je ne suis qu'un pauvre pêcheur.

Venez, venez dans ma nacelle,
Vous qui savez si bien charmer !
Sur cette eau paisible, ma belle,
Quel péril peut vous alarmer ?
Nous pêcherons près du rivage ;
Voyez le flot qui vous engage :
Approchez-vous, n'ayez pas peur ;
Je ne suis qu'un pauvre pêcheur.

Agnès d'abord s'arrête, hésite...
Puis elle approche en rougissant.
En secret le plaisir l'invite,
Et Charles devient plus pressant.
— Jetez vos filets, lui dit-elle ;
Je descends dans votre nacelle :
On dit que je porte bonheur ;
Vous serez heureux, bon pêcheur.

— Nous sommes trop près du rivage,
Lui répond Charles, qui sourit ;
Virons de bord, gagnons le large ;
Ici le poisson craint le bruit. —
A l'instant, comme un trait rapide,
L'esquif porte Agnès, plus timide,
Loin du rivage protecteur,
Et l'Amour sourit au pêcheur.

Agnès sur la rive lointaine
Jette des regards de douleur.
Charles, pour distraire sa peine,
Lui peint son amour, son ardeur.
Puis, pour l'amuser, l'hypocrite
Jette ses filets au plus vite,
Prend joli poisson : par bonheur,
Le perfide était bon pêcheur.

Le jeu semble plaire à la belle;
Charles jette encor ses filets :
Bientôt une pêche nouvelle
Du jeu redouble les attraits.
— Restons encor loin de la rive,
Dit la bergère moins craintive;
Charles, profitons du bonheur :
Ah ! vous êtes si bon pêcheur ! —

Mais enfin le pêcheur se lasse :
— Il faut, dit-il, gagner le bord :
Plus d'une fois dans la bonace
Pêcheur a fait naufrage au port.
— Mais je veux au moins, dit la belle,
Voguer demain dans la nacelle :
Vous voyez! je porte bonheur;
Vous serez heureux, bon pêcheur !

L'ANE ET SON MAITRE.

FABLE.

—

Devant Thomas son maître un âne tristement
    Marchait, revenant de la ville.
    Il portait un assortiment
De vaisselle, de pots, marchandise fragile
      Dont Thomas fort galment
      Venait de faire emplette
      Pour donner une fête.
Il mariait sa fille à Simon le richard,
Et le cas exigeait de bien faire les choses.
Thomas donc revenait; mais, comme il était tard,
Que Thomas est poltron, et que pour plusieurs causes
Il veut dans sa famille, avant la fin du jour,
      Se trouver de retour,
Il presse le baudet, qui, d'un ton débonnaire,
    Lui répond que dans toute affaire
    On doit se hâter lentement.
    Mais, hélas! à cet argument
Thomas d'un fort bâton oppose l'éloquence;

Et l'âne, à ces raisons ne pouvant résister,
    Se décide à trotter.
Mais quel fut le succès de sa marche forcée?
Thomas fut satisfait : il faisait encor jour
    Quand il fut de retour;
Et, joyeuse, aussitôt la jeune fiancée
Visite les paniers; mais quel fut son chagrin?
    Comment préparer le festin?
    Hélas! notre pauvre vaisselle!
    Pas un pot, pas une écuelle
    N'a pu résister au trajet!
Et Thomas aussitôt d'accuser le baudet :
— Je n'ai pu réprimer, dit-il, l'impatience
    De notre porteur de faïence.
Le fracas est le fruit de sa coupable ardeur.
— Eh bien! des pots cassés que l'âne soit payeur,
    Dit la famille avec humeur :
Puisqu'il est vigoureux, nous doublerons la dose.
— Je suis encore à jeun! dit l'âne aux assistans;
Et, d'ailleurs, vieux baudet prend-il le mors aux dents?
Hélas! si j'ai trotté, demandez-en la cause
Au bâton de Thomas; il vous dira la chose :
    Il peut attester que sans lui
    Je serais encor loin d'ici.
    Qu'on me nomme dans ma famille
Un seul âne fougueux! tandis qu'elle fourmille

D'ânes qui, comme moi, constamment sans ardeur,
N'ont trotté qu'une fois, et même à contre-cœur.
Il dit, et sa franchise apaisa la famille ;
Thomas s'avoua seul coupable du fracas.
On répara le mal ; on maria la fille,
Et l'âne débâté fut prendre ses ébats.

Dans un danger pressant, mon âne, qu'on accuse,
Trouve dans ses défauts une fort bonne excuse.
     C'est dans pareil cas seulement
     Que l'homme s'accuse humblement.

~~~~~~

PENSÉE.

—

Pourquoi Dorval qui pour Damon
Nous montra tant d'affection,
Nous tient-il un autre langage,
Le dénigre, et souvent l'outrage?...
C'est qu'on l'a sans doute averti
Qu'on préférait Damon à lui.

LES CANARDS ET LES CYGNES.

FABLE.

—

Dans une mare d'eau bourbeuse
Des canards un jour barbotaient,
Lorsque des cygnes qui passaient,
Dirent d'une voix gracieuse :
— Vous ne voyez donc point, chers frères, chers amis,
Tout près de vous ce lac d'une eau paisible et claire?
Laissez ce marécage et ces limons croupis!
A ces mots, les canards, poussant de vilains cris,
Plongent dans le bourbier, seul digne de leur plaire.

Offrez des plaisirs purs aux hommes abrutis,
Vous en recevrez des mépris.

~~~~~~

LES MARIS ET LE MAGICIEN.

CONTE.

—

JADIS, aux beaux temps des miracles,
Si célèbres par les oracles
Et tant de contes merveilleux,
Argus, magicien fameux,
Faisait un grand bruit dans le monde.
Des plus lointains pays on venait à la ronde,
Portant offrandes et présens,
Invoquer ses enchantemens.
On lit à ce sujet, dans un ancien mémoire,
Rare monument de l'histoire
De ces merveilleux temps,
Que des maris jaloux, ombrageux, mécontens,
Voulant, dans leurs soupçons, que la noire magie
Servît leur jalousie,
Allèrent, tristes pèlerins,
Exposer au sorcier que des esprits malins
Leur avaient, maintes fois, dans des songes horribles,
Montré leurs épouses sensibles

2.

Aux transports de tendres amans ;
Et que ces songes alarmans
Leur donnant des soupçons coupables,
Ils voulaient sur leurs visions
Avoir des explications,
Ne pouvant, dirent-ils, être plus misérables.
Le sorcier répondit : — Mon miroir enchanté
Va vous montrer la vérité ;
Mais de quelle façon ? Je vais vous en instruire.
Il faut dans le miroir que le jaloux se mire ;
Et, si sa femme est chaste, aussitôt le mari
Se verra rajeuni :
Mais, hélas ! si la belle
Est ou fut infidèle,
L'époux, au même instant, sur ses traits sillonnés
Verra croître un grand pied de nez.

On dit que les maris, oubliant leur préface,
Et craignant pour leur nez quelque étrange disgrâce,
Tournèrent le dos à la glace,
En se disant tout étonnés :
Bien mieux vaut le soupçon que le grand pied de nez.

LA CHAUVE-SOURIS,
LES OISEAUX ET LES QUADRUPÈDES.
FABLE.

—

Les députés oiseaux, au retour du printemps,
S'assemblèrent un jour, je ne sais sous quelle ère,
Pour régler, par des lois faites à leur manière,
De leur gouvernement mille objets importans.
　　Sur la cime d'un chêne antique,
　　L'aigle, chef de la république,
Le conseil des oiseaux présidait cette fois.
　　La pie, à robe blanche et noire,
Tenant le porte-feuille et faisant le grimoire,
Aux beaux jours de la paix, comme aux temps de terreur,
　　Était du conseil rapporteur.
Elle se plaignit donc, citant rapports fidèles
Et plus de cent témoins, que la chauve-souris,
Citoyenne des airs, parce qu'elle a des ailes,
Qu'elle vole aussi bien que pigeons, qu'hirondelles,
Et bien mieux, tout au moins, qu'autruches, que perdrix,

S'était chez le lion , même jour, fait inscrire
    Membre du quadrupède empire,
Montrant ses quatre pieds, son poil et son museau,
    Ses dents et ses larges oreilles ;
Si bien , dit l'orateur, que par raisons pareilles,
Là c'est un quadrupède, ici c'est un oiseau.
Mais ce n'est rien, Messieurs, ajoute encor la pie ;
Car la chauve-souris nous entend, nous épie,
Et va chez le lion vite tout raconter :
Là, sans la soupçonner, maint animal s'épanche,
Et parle contre nous souvent sans méditer.
Chauve-souris alors , nous donnant la revanche,
Vient raconter chez nous leurs discours, leurs débats,
Et bien souvent aussi ce qu'elle ne sait pas :
Car je craindrais bien moins cet animal perfide,
Que le démon sans doute a su faire voler
Et ramper tour à tour, qu'il inspire et qu'il guide,
S'il n'aimait en tous lieux à méchamment parler,
Changeant, suivant le cas, d'opinion, de style,
Ici des animaux , là de la volatile.
    Et d'ailleurs une expression,
D'une phrase souvent la tournure infidèle
(Poursuit la pie, en train d'étaler son beau zèle),
D'un discours tout entier change l'intention ;
Et c'est par ce motif que l'espèce parleuse,
Innocente parfois, est toujours dangereuse...

A ces mots, sur Margot portent tous les regards,
Et, malgré le cas grave, on rit de toutes parts :
Car elle aime à jaser. Enfin, criant *silence !*
L'aigle, ayant pris les voix sur le fond du procès,
　　En ces mots leva la séance :
« Le conseil entendu, chauve-souris jamais
» Dans république oiseau ne remettra le nez. »
Pendant que les huissiers de la cour volatile
Proclamaient dans les airs cette sentence utile,
　　Il arriva que, par hasard,
A la cour du lion, le ministre renard
　　Avait, par semblable éloquence,
　　Fait rendre pareille sentence :
　　De sorte que par les oiseaux,
　　Comme aussi par les animaux,
Le quadrupède ailé, poursuivi comme traître,
Chez l'aigle, le lion, n'osa plus reparaître ;
　　Et c'est depuis que, dans la nuit,
Pendant que sous la feuille, ainsi qu'en la tanière,
Tout dort profondément, chauve-souris, sans bruit,
Lugubre, sort enfin respirer, se distraire,
Et que long-temps avant le lever du soleil,
　　Redoutant déjà le réveil
Des sujets du lion et de l'aigle guerrière,
Le quadrupède-oiseau retourne, solitaire,
Chercher dans quelque trou la paix et le sommeil.

Vous qui, par intérêt, par honteuse faiblesse,
Caressez tour à tour, trompez tous les partis,
Écoutez, trahissez, brouillez tous vos amis,
Quels que soient vos succès, quelque soit votre adresse,
Attendez-vous au sort de la chauve-souris.

~~~~~~

INSCRIPTION

PLACÉE SUR LA PORTE DU PARC DE MADAME....

—

Éloignez-vous, passans! la nymphe de ces lieux
Exercerait sur vous son pouvoir bien funeste!...
Ses grâces, sa beauté, son accueil gracieux,
Ont fait de cet asile un séjour dangereux :
On en sort à regret; le cœur toujours y reste.

LA MÉTAMORPHOSE,

ou

ÉPITRE A MES AMIS,

Composée à la campagne de Madame... à l'occasion d'un badinage où des noms de fleurs furent donnés à Mesdemoiselles et Mesdames...

—

DANS ces lieux enchantés tout se métamorphose :
Une beauté vermeille est transformée en ROSE ;
Une Grâce naïve, aimable sans dessein,
Nous dérobe ses traits sous un tendre JASMIN ;
L'on voit changer en LIS *une aimable déesse,*
Plus blanche que l'albâtre, au port plein de noblesse ;
Une autre, douce, fraîche, au regard de bonté,
Timide en son amour, modeste en sa beauté,
Changée en VIOLETTE, au milieu du feuillage
Se cache, et de nos cœurs semble éviter l'hommage ;
Enfin chacune, au gré d'un aimable désir,
　　Se montre à l'amoureux Zéphyr,

Et séduisante et peu sévère.
N'ayons donc, mes amis, qu'une flamme légère ;
Et puisque ces beautés, amantes du Plaisir,
Veulent se dérober à des amours fidèles,
 Amis, changeons comme elles :
 Comme le dieu d'Amour,
 Prenons enfin des ailes ;
 Et chacun, dès ce jour,
 Au gré de son envie,
 En PAPILLON léger,
 Fera de voltiger
 Le bonheur de sa vie.

L'ANE ET LE SINGE.

FABLE.

—

MARTIN, l'âne Martin plaisait par sa franchise,
 Sa douceur, son humilité :
 Même en lui souvent la bêtise
  Semblait de la bonté ;
 Et Martin, comme âne estimable,
Chez mulets et chevaux partout était admis.
On le trouvait sensé, même parfois aimable ;
Et chacun volontiers était de ces amis.
Un jour donc que Martin, avec quelques confrères,
Dans un coin du marché s'entretenait d'affaires,
De la pluie ou du chaud dont on avait besoin
  Pour mûrir la paille ou le foin,
Gilles le grimacier, singe en tours passé maître,
Se montrant dans la rue, assis sur sa fenêtre,
Charmait à sa façon les badauds, les passans,
  Les hommes comme les enfans ;
Et chacun à l'envi trouvait que la grimace

A Gilles donnait de la grâce,
Ou du moins égayait la laideur de ses traits.
　Ne pouvant les rendre moins laids,
Il les rendait plaisans; et toute sa figure
　　Étant faite par la nature
　　Pour grimacer et divertir,
Gilles sut amuser et se faire applaudir.
Martin même, charmé de ses turlupinades,
　　De ses mines, de ses gambades;
　　Martin, qui n'était qu'un oison,
　　Se sentit la démangeaison
D'imiter le macaque en toutes ses allures,
　　En ses mines, en ses postures:
　　Mais l'essai ne fut point heureux;
Martin n'était point fait pour de semblables jeux.
　　En vain il s'efforce, il s'escrime,
Tord son cou, ses naseaux, cligne, tourne les yeux;
Loin de se rendre aimable, il se rend monstrueux.
Aussi tous ses amis, ceux dont il eut l'estime,
Ne reconnaissant plus Martin le sans-souci,
Ainsi que les badauds, se moquèrent de lui.
Nous aimons un bonhomme en sa simplicité:
　　Tout en lui nous paraît bonté;
Mais quand des gens de cour il veut se rendre émule,
Veut imiter leurs airs et leur légèreté,
D'estimable qu'il fut il n'est que ridicule.

Oui, Boileau l'a dit avant moi,
Chacun pris dans son air est agréable en soi.
N'empruntons à personne un masque, une parure ;
Montrons-nous toujours tels que nous fit la nature.

ENVOI D'UNE ROSE

A MADEMOISELLE ROSE.

—

Si j'osai de sa tige arracher cette fleur
    Et la séparer de sa *mère*,
    Ce fut, en vous l'offrant, ma chère,
    Pour la réunir à sa sœur.

PENSÉE.

—

Dorval m'a toujours applaudi :
Non, Dorval n'est pas mon ami.

LES OISEAUX.

FABLE.

—

Dans un bosquet peuplé de mille oiseaux divers,
Confondant leurs accens dans d'aimables concerts,
Régnaient la paix, les jeux, l'union, l'harmonie,
Et l'amitié qui fait le charme de la vie ;
Quand l'aigle, certain jour qu'il planait dans les airs,
Résolut en conseil, tenu dans les espaces,
      De ranger les oiseaux par *classes ;*
          Et bientôt le corbeau,
          Le coucou, l'étourneau,
      Le paon, la chouette, la pie,
Obtinrent dans les bois, aux dépens des chanteurs
          Des droits et des honneurs.
Dès-lors plus de chansons, de concerts, d'harmonie ;
          Partant, hélas ! plus de plaisirs ;
Et du bosquet en deuil, la troupe des Zéphyrs,
      Des Ris, et des Jeux et des Grâces,
      S'enfuit, déplorant les disgrâces
      Des oiseaux partout consternés,

Et, dans leurs justes vœux, des dieux abandonnés.
Vainement le coucou, l'étourneau, la chouette,
Et l'espèce criarde, et l'espèce muette,
    Pour charmer et pour retenir
    L'escorte aimable du Plaisir,
    Se met en frais, donne une fête,
Assemble maints oiseaux que conduit la chouette :
    Les Zéphyrs, les Grâces, les Jeux,
    Ferment les oreilles, les yeux ;
Et chassés par la peur loin de cette retraite,
    Précipitent leurs pas
    Vers de nouveaux États.

Oui, toujours le Plaisir, son aimable cortége,
    S'enfuit devant le privilége :
    Ce n'est qu'avec l'égalité
    Que se plaît la franche gaîté.

~~~~~~

LE FERMIER ET SES TROUPEAUX.

FABLE.

—

J'ADMIRE l'homme qui préfère
Une obscure retraite, une noble misère
Aux plus riches présens de la servilité.
    Mais sachons de la liberté,
    Distinguer toujours la licence :
L'une mène au bonheur, l'autre aux crimes affreux.
    Aussi dis-je avec confiance :
N'exposons pas *le bien* pour conquérir *le mieux*.
Sur ce sage conseil, à nos temps applicable,
    Je veux essayer une fable.

Un jour, dans une vaste et riante prairie,
Où coulait un ruisseau bordé d'herbe fleurie,
Certain riche fermier conduisit ses troupeaux,
Et leur parla, dit-on, à peu près en ces mots :
Vous pouvez librement, dans cette aimable enceinte,
    Vous promener sans crainte ;
    Et brouter et bondir,

Et bêler et dormir;
Vous parfumer de fleurs, vous engraisser d'herbages;
Contenter vos besoins, vous faire des plaisirs.
Mais voyez-vous bien ces rivages?
C'est là que des fossés peu larges, peu profonds,
Entourent ces bosquets, ces sources, ces gazons,
Et séparent ces prés des champs où la nature,
Qui nous veut rendre tous contens,
Va mûrir pour ma nourriture
Les épis verdoyans.
Ces fossés seront vos limites :
Aux bornes qui vous sont prescrites
Vous vous arrêterez. — Comptez sur nos sermens,
Répondent en chorus les animaux bêlans.
Qu'en fut-il? Un mouton d'humeur trop inconstante,
Bientôt las de feuillage et de gazon fleuri,
Quittant furtivement la troupe obéissante,
Et suivant la pente glissante
D'un chemin tortueux, sur le terrain d'autrui
Saute; mais Jupiter détrompa son attente :
Le pervers, l'avide mouton,
Surpris par le fermier, fut puni du bâton,
puis attaché de sorte
Qu'à peine pour brouter il pouvait se mouvoir.
Jusque-là le fermier ne fit que son devoir :
Mais hélas! l'histoire rapporte

Que les nombreux troupeaux qui paissaient dans les prés
    Furent eux-mêmes garrottés,
Bien que tous ennemis de licence et de fraude,
Ils n'eussent point suivi le mouton en maraude.

Ainsi chez les humains, un pouvoir ombrageux,
Pour un seul criminel, les rends tous malheureux ;
Et, lui-même insensé, confond dans son caprice,
    Le droit et l'injustice.

ÉPIGRAMME.

—

Oui, j'épouse Clarice : il faut *faire une fin*,
Me disait l'autre jour le bonhomme Turpin, —
  Clarice eut toujours le cœur tendre,
  Et Turpin parlait prudemment;
  Car déjà son ami Léandre
  De cet hymen, complaisamment,
  Avait fait le commencement.

LE ROSSIGNOL ET LA HAIE.

FABLE.

—

Un rossignol, perché
Sur le frêle rameau de l'enceinte épineuse
D'un jardin où circule une eau délicieuse,
Aux buissons dit un soir : — Oui vraiment c'est péché
    (Je vous le dis en conscience,
    Sans songer à vous faire offense)
    Que le maître de ce jardin
Laisse des fils ingrats vivre sur son terrain !
Tous les jours, vous voyez, il travaille, il arrose;
Mais l'arbre offre son fruit, et le rosier la rose.
Dans ces lieux, à l'envi, chacun reconnaissant,
Fait à son bienfaiteur un aimable présent.
Moi qui n'exige rien, ni soins, ni complaisance,
A Lubin, cependant, j'offre ma récompense :
Je délivre ses fruits des chenilles, des vers;
Le matin et le soir, de mes tendres concerts

Je sais toucher son cœur et charmer son oreille ;
C'est toujours à ma voix qu'il s'endort, qu'il s'éveille ;
Que dessous cet ombrage, où règne le Zéphyr,
    Pour lui j'appelle le plaisir,
Alors que sous la treille, où l'attend sa maîtresse,
Je sais par mes soupirs, mes chants voluptueux,
    Redoubler les transports, l'ivresse
De ces jeunes époux que je rends plus heureux.
Que de princes, de grands, que de rois qu'on encense,
    Ont, dans leurs jardins somptueux,
    Sous leurs berceaux délicieux,
Réclamé mes concerts au sein de l'opulence !
Cependant, vous voyez, dédaignant les grandeurs,
Ami du jardinier bien plus que des honneurs,
    Fidèle aux lieux de mon enfance,
Je redouble d'efforts, je ne néglige rien
Pour charmer votre maître et lui faire du bien.
    Et vous ! qu'il planta sur sa terre,
Où votre bois grandit, et s'étale, et prospère,
Contre le bienfaiteur hérissant vos piquans,
    Vous déchirez ses vêtemens,
Et le blessez parfois de cruelle manière :
Autant d'ingratitude afflige, désespère !

— Cette noble douleur part d'un naturel bon,
Répond au rossignol un sévère buisson :

Il est beau de vanter la noble gratitude ;
Mais la connais-tu bien? Peu firent cette étude.

    Tu fais, dis-tu, la chasse aux vers;
    Tu prends mainte et mainte chenille :
Mais c'est pour t'en nourrir, pour nourrir ta famille.
    Tu vantes tes brillans concerts;
On t'appelle à la cour, dans toutes les provinces;
Pour mon maître Lubin tu dédaignes des princes;
    Mais charmer l'objet de tes feux,
    Te proclamer victorieux,
    N'est-ce pas ton unique affaire?
    Et l'aimable désir de plaire
A l'homme bienfaisant qui cultive ces lieux
T'inspira-t-il jamais un chant harmonieux?
Si toujours aux jardins, aux parcs de l'opulence
Tu préfères cet humble et modeste jardin,
    Ce n'est que raison, que prudence,
    Et non pas, comme tu l'as dit,
    Un effet de ta bienveillance.
Je connais ton secret, je connais ta prudence :
C'est elle qui t'attache à cet humble jardin.
Tu sais que chez les grands un malheureux destin
Menace des oiseaux la naissante famille.
Sans doute, arbres à fleurs, lauriers, buis et charmille,
Tous, d'un épais feuillage abritant leur berceau,
Garantiraient tes fils de la pluie et du chaud.

Mais pour eux là tu crains, et ta crainte est réelle,
    Les chats, les faucons, les enfans,
Tous à trouver des nids également savans.
      Sans compter cette kirielle
      De valets rôdeurs, malfaisans;
Et puis ces gros ciseaux que la Parque cruelle
      Envoie aux jardiniers des grands,
      Sous le prétexte de parure,
      Pour en affliger la nature.
Ce buisson que tu dis inutile en ces lieux,
      Qui vient sans soins et sans culture,
Et qui sait loin de lui chasser les curieux,
      Te convient, je crois, beaucoup mieux :
Car ton père t'apprit, et ton âme est trop belle
Pour avoir oublié que ce fut à mon zèle
Que tes auteurs, chagrins du sort de leurs enfans,
Confièrent les fruits de leurs amours touchans.
Comme eux, pour éviter de cruelles rapines,
Tu comptes prudemment sur mes longues épines :
Tu fais bien; car toujours de l'hospitalité
Je défendrai les droits. A ma sévérité
Envers tes ennemis, dont j'ai su te défendre,
Mon maître doit ici le plaisir de t'entendre.
      Je n'en tire pas vanité ;
      Tu m'obliges à me défendre. —
L'arbuste sur ce ton répondait à l'oiseau,

Quand il vit le chanteur s'enfuir sur un ormeau;
  Et puis des chercheurs de fortune
En silence, à pas lents, venir, au clair de lune,
  Avec corbeilles et paniers,
  Faire leur visite aux fruitiers.
Mais ce fut sans profit : car bientôt par la haie
  L'entreprise fut déjouée :
  Elle n'offre, de toutes parts,
   Qu'obstacles, que poignards.
En vain les maraudeurs tentèrent l'escalade :
Ils furent mutilés; plus d'un en fut malade;
Et vides leurs paniers, sans melons et sans fruits,
Ils furent loin de là se mettre en embuscade.
   Dès qu'ils furent partis,
   Le rossignol bien vite
   De revenir au gîte;
   Et le buisson vainqueur
   De dire au fredonneur :
  — Es-tu content de ma défense?
  Ai-je bien payé ma dépense?
Tu m'as traité naguère avec quelque rigueur,
Écoute maintenant, écoute ma sentence :

Un véritable ami ne se déguise point:
S'il blesse quelquefois, il sait nous bien défendre;
Il se montre au danger, et c'est là le grand point,

Qui vaut la chanson la plus tendre.
Mais il me reste encor quelque chose à t'apprendre :
N'exige rien, crois-moi, pour tes brillans concerts,
Pas plus que pour ta chasse aux vers ;
Car, je te le dis sans malice :
Seule l'intention fait le prix du service.

LA RÉCONCILIATION.

—

Après tant de plaisirs, après tant de caresses,
Après tant de sermens, après tant de promesses,
    Après de si tendres amours,
    Tu voulais me quitter, cruelle!
    Et de ton âme pour toujours,
    Bannir une flamme si belle!
    Oh! que mon sort était affreux!
    Oh! que je détestais la vie!
    Non, je ne pouvais être heureux
    Loin des charmes de ma Sophie!
Mais enfin mes regrets, mon amour, ma douleur,
Ont su te désarmer, ont pu toucher ton cœur :
    Tu m'as dit encore : *Je t'aime;*
    Tu veux encore me charmer,
    Oublions ma douleur extrême
    Et ne pensons qu'à nous aimer.
    Oui, je veux mourir dans tes chaînes,
    Mais sois-moi fidèle à ton tour;
Et si dans mon bonheur tu mêles quelques peines,
    Fais qu'elles durent moins d'un jour!

vvvvvvvvvvvvvvvvvvvvvvvvvvvvvvvvvvvvvvv

LA BÉCASSE,
LE SERIN, LE LINOT ET LE MERLE.

FABLE.

——

Le soir d'une belle journée,
Dans un bosquet fleuri, solitaire, charmant,
Un serin chantait humblement.
Philomèle était en tournée;
Et les habitans de ces lieux,
Amis des chants harmonieux,
Écoutaient du serin la modeste romance.
Il ne prétendait pas faire oublier l'absence
Du rossignol charmant que regrettent ces bois;
Mais la beauté du lieu, la divine influence
D'un soleil printanier, une heureuse existence,
D'amoureux, d'aimables exploits,
Tout inspire l'oiseau, tout anime sa voix,
Et certains amateurs de champêtre musique
Prennent quelque plaisir à l'ouïr fredonner.

Sans doute on l'accusa parfois de détonner ;
Mais plus d'un trait heureux, plus d'un chant chromatique
  Le firent pardonner ;
  Et les connaisseurs du bocage,
  Compensaut le faible et le bon,
Jugèrent ses couplets dignes de quelqu'hommage.
Ils résumaient ainsi, quand, sortant d'un buisson,
  Une bécasse, sans façon,
Demande ce qu'on dit, sur quoi l'on délibère :
  Elle est sourde, et notre commère
  Veut connaître de toute affaire.
Sur les sons, les accords, sur tout, d'un ton tranchant,
Elle discourt, critique, et juge à sa manière.
Mère bécasse donc interroge un linot,
S'approche de plus près, tend l'oreille, et pour cause ;
Et l'oiseau complaisant, parlant un peu plus haut,
  A la bécasse expose
Le mal, le bien qu'on dit ; le jugement qu'enfin
  On porte du serin.
— Eh quoi ! dit la bécasse, on goûte son ramage !
Hélas ! donc le bon goût a quitté ce bocage !
Écouter un serin, quel profane plaisir !...
Après le rossignol peut-on rien applaudir !
— C'est par trop de rigueur, madame la bécasse !
On peut au second rang occuper une place,
Répondit le linot, et plaire quelquefois

Aux chantres aimables des bois.
On ne les trompe point ; et qui sait les distraire
Mérite nos bontés, non pas notre colère...
— Comment ! ajoute un merle, ennemi des pédans,
Les sourds se font experts en sons, en harmonie !
Écoutez, bécasse, ma mie,
Rossignols et coucous, serins et chats-huans,
Et barbares concerts, et chants plein de merveilles,
Sont tous égaux, je crois, pour qui n'a point d'oreilles.

ODE

SUR L'HYPOCRISIE.

—

VÉRITÉ toujours radieuse,
Prête-moi ton flambeau divin !
Chasse la vapeur ténébreuse
Qui plane sur le genre humain !
Fais briller de tes feux, couvre de ton égide
La Justice en alarme et la Raison timide,
Proscrites par l'orgueil et par l'ambition !
Quand je poursuis l'hypocrisie,
Défends-moi de la calomnie
Que cache la dévotion !

Je vois l'hypocrite en prières,
Dans une feinte humilité ;
Du voile des plus saints mystères
Il couvre sa perversité.

S'il reconnaît un dieu c'est pour tromper les hommes.
Je l'entends : il nous dit que tous tant que nous sommes
Devons de nous aimer faire un devoir chrétien :
        Le traître! l'infâme hypocrite!
        C'est alors même qu'il médite
        La perte d'un homme de bien.

        Déplorant nos tristes faiblesses,
        Il gémit sur l'humanité;
        Contre les honneurs, les richesses,
        Il parle avec humilité :
Cependant, non content d'une heureuse fortune,
Il complote, il accuse, il brigue, il importune,
Avide de pouvoir et de riches honneurs;
        Et si le fourbe s'humilie,
        C'est qu'il sait que la modestie
        A des droits puissans sur nos cœurs,

        Qu'il n'ait pas la folle espérance
        De jamais tromper ma raison :
        Je l'observe dans le silence,
        Je pénètre sa trahison.
Malgré lui, quelquefois, la nature l'entraîne :
Son penchant le trahit, son orgueil se déchaîne,

Son front audacieux proclame ses desseins ;
    Ses regards ont quitté la terre,
    Il semble affronter le tonnerre
    Et donner des lois aux humains.

    Il a fui mon regard sévère :
    Seul, loin des regards indiscrets,
    De la vertu la plus austère
    Il s'exerce à prendre les traits.
Dans l'ombre il s'applaudit ; il marque ses victimes ;
Il compte les faveurs qu'il attend de ses crimes ;
Il court, les yeux baissés, vers le temple voisin :
    L'infâme ! par un sacrilége,
    Va mériter du privilége
    Le droit d'opprimer son prochain.

    Déjà la Raison asservie
    Parle un langage corrompu ;
    L'ambitieuse Hypocrisie
    Accuse et trahit la Vertu.
Je la vois s'élevant vers le ciel qu'elle outrage,
Sous les noms les plus saints tenir dans l'esclavage
Des hommes, tous enfans du Dieu de l'univers,
    Et, s'enveloppant de mystères,

Elle appelle du nom de frères
Ceux-là qu'elle charge de fers.

A ses côtés la Calomnie
Élève un front audacieux,
Et l'Ambition asservie
Répand son poison dangereux.
L'Ignorance les suit : dans une vapeur sombre,
Je la vois s'agiter et répandre son ombre.
Le cruel Fanatisme et la Crédulité
    Encensent ces monstres horribles ;
    Et tous outragent, insensibles,
    L'aimable et sainte Vérité.

Vérité, montre ta puissance,
Disperse ce cortége affreux ;
Répands ton heureuse influence
Sur le genre humain malheureux.
La raison te chérit, te cherche, te réclame.
Vois des peuples entiers avides de ta flamme,
T'offrir sur tous les cœurs un pouvoir souverain.
    Parais, fait briller ta lumière,
    Et le crime fuira la terre,
    Effrayé de ton feu divin.

Vainement on osera dire :
— L'erreur est le frein des mortels;
Alors qu'elle perd son empire
Les hommes sont tous criminels. —
Sans doute, pour défendre un affreux privilége,
Il a fallu séduire, et, pour cacher le piége,
Invoquer l'imposture, et le crime et l'effroi ;
 Et c'est ainsi que la Puissance
 A chassé partout l'Innocence
 Par l'iniquité de sa loi.

 Mais sous le respectable empire
 De la raison, de l'équité,
 Les hommes se laissent conduire
 Au flambeau de la Vérité.
Chacun sent les bienfaits du pouvoir qui le guide ;
Il ne doit plus lutter contre un tyran perfide ;
Opposer des forfaits à des crimes affreux.
 La Justice éteignant les haines,
 Les vertus sont les seules chaînes
 Des peuples rendus plus heureux.

Pourquoi rappeler l'Ignorance?
Elle a tant fait de malheureux?

L'hypocrite, avec assurance,
La dit une fille des Cieux.
Invisible au grand jour, mais rayonnant dans l'ombre,
Comme un astre des nuits, dans une vapeur sombre,
L'orgueilleux veut briller dans un triste repos.
S'il désire qu'on nous rabaisse,
C'est qu'il se sent trop de faiblesse
Pour dominer sur ses rivaux.

O Religion bienfaisante
Et divine en ta pureté !
Faut-il qu'une ligue insolente
Se pare de ta majesté !
Faut-il, pour avilir l'humaine créature,
Que, profanant ton culte, outrageant la nature,
L'Hypocrisie en toi trouve un masque pompeux !
Et qu'au nom d'une humble morale,
L'Orgueil et conspire et cabale
Contre tous les cœurs généreux !

Sur la terre où le crime habite,
Descends, ange de vérité,
Sur le front marque l'hypocrite ;
Avertis la crédulité.

Que le prix des vertus ne soit plus le partage
De l'infâme imposteur dont la prière outrage
Ce Dieu qu'il associe à d'infâmes desseins;
    Et que les amis véritables
    De leur culte et de leurs semblables
    Soient seuls vénérés des humains.

~~~~~~

LE FAUCON, LE MILAN,

LA BÉCASSE ET LE PERDREAU.

FABLE.

—

Le faucon, le milan, certains autres ministres
    D'un vautour aux ongles sinistres,
Dans un bosquet touffu, respectant peu les lois,
    Formaient des complots exécrables
    Contre certains oiseaux des bois.
L'inflexible destin sourit même aux coupables.
Mais pour venir à bout de leurs cruels desseins
    Sans coup férir, sans résistance,
    Le plus grand secret est d'urgence;
Il faut au dépourvu prendre tous les plus fins;
    Et le faucon, dans le mystère,
    Allait poursuivre cette affaire,
    Quand tout près de lui, cet oiseau
    Voit une bécasse, un perdreau,

Blotis sous un épais feuillage.
— Quelle audace ! dit-il, quel crime ! quel outrage !
Pour trahir nos secrets se glisser près de nous !
      Dans ce buisson que faites-vous ?
      — Monseigneur, selon mon usage,
Répondit le perdreau, sous cet épais ombrage,
A cette heure, aux jours chauds (j'offre bon témoignage),
Je viens prendre le frais. Ce bosquet est pour tous ;
Et je ne croyais pas que d'y rester paisible
Pût être un attentat, pût être un crime horrible !
— Et vous, Madame, aussi, sous ce bois protecteur
Vous respirez le frais ? vous craignez la chaleur ?
Il faut vous ménager, dit avec ironie
      Le fourbe inquisiteur
A la triste bécasse, encor tout ébahie,
Et, d'ailleurs, oiseau sourd et fort peu raisonneur,
Qui ne répondit mot à l'interrogateur.
      — Parlez ! êtes-vous endormie ?
Ajoute le faucon, en élevant sa voix.
Même silence encor ; et le tyran des bois
Allait la chatouiller de sa griffe ennemie,
      Quand sortant de sa léthargie,
La bécasse fait signe, et non pas sans frayeur,
Qu'elle est sourde, muette, et souvent engourdie.
— Être sourd et muet ! cela porte bonheur !
Dit le faucon cruel avec hypocrisie :

Dans ce sombre bosquet restez en paix, ma mie ;
Mais vous, maître perdreau, qui répondez si bien,
　　Et qui savez bien mieux entendre,
Vous pourriez en tous lieux répandre
Nos secrets importans, nuire à notre dessein !
Descendez chez les morts, là vous ne direz rien. —
Et de son bec cruel, et de sa griffe infâme,
Il tranche de ses jours la trop fragile trame.

　　Les méchans maltraitent toujours
Ceux qu'ils savent experts à déjouer leurs tours.
Ne pouvant s'en défaire, ils cherchent à leur nuire,
A les décréditer, à les faire proscrire.
　　Oui, depuis long-temps on l'a dit :
　　Heureux sont les pauvres d'esprit !
Mais aussi quelquefois leur tour enfin arrive ;
Et leur perte est plus sûre alors qu'elle est tardive.

L'ABEILLE ET LE VER-LUISANT.

FABLE.

—

Bien avant l'aube paresseuse,
Une abeille laborieuse,
Sur le rustique seuil de sa porte des champs
Adressait aux Dieux sa prière,
Les conjurant que la lumière
Se hâtât de briller sur les fleurs du printemps.
Condamnée au repos, l'abeille diligente
De distiller son miel était impatiente :
Mais elle a beau prier, une effroyable nuit
L'enchaîne dans sa ruche où l'ennui la poursuit.
Et comme la mouche ouvrière
Bourdonnait encor sa prière,
Un ver-luisant qui l'entendit,
Relevant sa tête, lui dit :
— Il te sied bien vraiment, insecte roturière,
De demander au Ciel la divine lumière !

L'éclat que je répands à l'entour de ces lieux,
Suffit à ton essaim. Moi, je demande aux Dieux
    Qu'ils fixent la nuit sur la terre :
    Le grand jour offusque nos yeux,
    Et fait par trop d'ambitieux.
    — Sans doute, répondit l'abeille,
L'obscurité te plaît, et convient à merveille
A l'insecte orgueilleux, qui, brillant dans la nuit,
N'est au grand jour qu'un ver invisible ou proscrit.

PENSÉE.

Dorimon est sans biens, sans talens, sans esprit;
De Dorimon jamais personne ne médit.
    Il en est ainsi, dans la vie,
    Quand on n'inspire point d'envie.

TRADUCTION

DE QUELQUES POÉSIES

DE CERVANTES,

DANS DON QUICHOTTE.

TEXTE.

Es de vidro la muger;
Pèro no se ha de probar
Si se puede, ó no quebrar,
Porque todo podria ser.

Y es mas facil el quebrarse,
Y no es cordura ponerse
A peligro de romperse
Lo que no puede soldarse.

Y en esta opinion estén
Todos, y en razon lo fundo,
Que si hay Dánaes en el mundo,
Hay pluvias de oro tambien.

CONSEIL DE LOTHAIRE

A ENSELME,

(Don Quichotte, chap. xxxiii.)

Les femmes, hélas ! sont de verre,
Et l'on ne doit pas éprouver
S'il casse ou non : car, sans mystère,
L'un et l'autre peut arriver.

Le plus probable est qu'on le casse :
Aussi, prudent est d'éluder
Le coup qui peut briser la glace
Qu'on n'a point appris à souder.

Sur l'expérience j'appuie
Cette bien triste vérité,
Que là tombe d'or une pluie
Où se trouve une Danaé.

~~~~~~

TEXTE.

De la dulce mi enemiga
Nace el mal que al alma hiere,
Y por mas tormento quiere
Que se sienta y no se diga.

· ·

Ven, muerte, tan escondida
Que no te sienta venir,
Porque el placer del morir
No me torne à dar la vida.

~~~~~~~~~~~~~~~~~~~~~~~~~~~~~~~~~~~~~

COUPLETS

CHANTÉS A LA DAME DOLORIDA.

(Don Quichotte, chap. xxxviii.)

D'une beauté cruelle et bien chère à mon cœur,
    Part le trait qui fait ma douleur,
    Et, pour redoubler mon martyre,
Elle veut que je souffre et ne puisse le dire !

. . . .

Viens, ô mort ! viens ! mais, je t'en prie,
Approche doucement sans te faire sentir,
    Pour que le plaisir de mourir
    Ne puisse me rendre à la vie !

6.

TEXTE.

SUELEN *las fuerzas de amor*
Sacar de quicio á las almas,
Tomando por instrumento
La ociosidad descuidada.

Suele el coser y el labrar
Y el estar siempre ocupada,
Ser antidoto al veneno
De las amorosas ansias.

Las doncellas recogidas,
Que aspiran á ser casadas,
La honestidad es la dote
Y voz de sus alabanzas.

Los andantes caballeros,
Y los que en la corte andan,
Requiébranse con las libres,
Con las honestas se casan.

~~~~~~

CHANSON

CHANTÉE PAR DON QUICHOTTE.

(Chap. xlv.)

De l'osiveté dangereuse
L'Amour se fait un instrument,
Et dans une âme paresseuse
Il pénètre facilement.

Occuper son esprit sans cesse,
Coudre, broder, remplir son temps,
Contre l'amoureuse tristesse
Voilà des remèdes puissans.

Pour la fille prudente et sage,
Pour qui l'hymen a de l'attrait,
Ses vertus sont un apanage
Qui montre en elle tout parfait.

Chevalier errant se marie,
Ainsi que sage homme de cour,
Avec douce et discrète amie :
Avec la folle il rit un jour.

Hay amores de levante,
Que entre huéspedes se tratan,
Que llegan presto al poniente,
Porque en el partir se acaban.

El amor recien venido,
Que hoy llegó y se va mañana,
Las imagines no dexa
Bien impresas en el alma.

Pintura sobre pintura
Ni se muestra, ni señala,
Y do hai primera belleza,
La segunda no hace baza.

Dulcinea del Toboso
Del alma en la tabla rasa
Tengo pintada de modo,
Que es imposible borrarla.

La firmeza en los amantes
Es la parte mas preciada,
Por quien hace amor milagros,
Y asimismo los levanta.

Il est un amour mercenaire,
Qui brille et touche à son déclin :
Il finit bientôt sa carrière,
Car le principe en est la fin.

Cet amour qui s'arrête à peine,
Qui vient aujourd'hui, part demain,
D'une impression bien certaine
Ne peut frapper un cœur humain.

Sur un portrait que l'on admire
Que l'on peigne un autre portrait,
Et le second saura détruire
Ce qui dans le premier charmait.

Comme sur le marbre, l'image
De Dulcinée est dans mon cœur :
Si profonde, que cet ouvrage
Du temps ne craint pas la rigueur.

La vertu toujours sans pareille
Est la constance dans les feux :
Quand l'Amour fait cette merveille,
C'est alors qu'il fait des heureux.

LE TONDEUR ET LE MOUTON,

FABLE.

—

JADIS un tondeur de troupeaux,
D'un coup de ses cruels ciseaux,
Présent de la Parque infernale,
A Robin, le mouton, de bonté sans égale,
  Ravit, par trahison,
  Des brins de sa toison;
Puis en fait des liens; puis d'une main pesante,
  Il couche la bête innocente,
  Et des liens qu'elle a fournis
La garrotte et la livre aux ciseaux ennemis,
  Qui tondent à leur gré la bête.
Lors, esclave au milieu de sa riche toison,
  Notre pauvre mouton
Dit d'un accent plaintif, levant un peu la tête :
  — Dieux bienfaisans, l'ai-je bien vu!
  Hélas! faut-il que notre laine,
Ce beau présent des Cieux, devienne notre chaîne!
N'est-ce donc pas assez, hélas! d'être tondu?

~~~~~~

LEÇON D'AMOUR.

—

Loin de répondre à sa tendresse,
Faisant un jeu de sa tristesse,
Célime dit au beau Valcour :
« Non, je ne connais pas l'Amour !...
» Non, je ne veux pas le connaître...
» On dit que l'Amour est si traître ! —
» — Ni moi, répond d'un ton moqueur
Valcour déguisant sa douleur ;
« Je ne connais pas cet infâme ;
» L'indifférence est dans mon âme :
» Elle seule fait le bonheur. —
A ces mots, la belle interdite,
Rougit, soupire, se dépite ;
Et puis, comme sans s'émouvoir,
Valcour feignait de ne rien voir,
Elle lui dit de l'air plus tendre :
« Comment pouvez-vous vous défendre ?
» Valcour ! Ne me disiez-vous pas,

» Admirateur de mes appas,
» Que mes yeux avaient, dans votre âme,
» Allumé cette aimable flamme,
» Que vous appeliez feux d'Amour !
» Oui, perfide, encor l'autre jour
» Vous me disiez, je m'en rappelle :
» *Laissez vos chansons et vos jeux,*
» *Célime, soyez moins cruelle !*
» *Ayez pitié d'un malheureux !* —
» — Votre mémoire est infidèle !
» Je vous disais, je m'en rappelle :
» *Aimons les chansons et les jeux ;*
» *Célime, vous êtes bien belle,*
» *Mais l'Amour rend trop malheureux !* —
» — Valcour, vous perdez la mémoire ;
» Vous disiez, vous pouvez m'en croire :
» *Par les plus aimables liens*
» *L'Amour à Célime m'engage.* —
» — Non, Célime, je m'en souviens ;
» Je vous disais, car je suis sage :
» *J'évite d'amoureux liens ;*
» *L'amitié me charme et m'engage.* —
» — Valcour, vous déchirez mon cœur !
» Pourquoi changez-vous de langage !
» Hélas ! j'aime donc un volage !
» Valcour se rit de ma douleur. —

» — Non ; Célime règne en mon âme ;
» Laissons une feinte rigueur ; .
» Chérissons l'amoureuse flamme :
» Sans elle il n'est point de bonheur.
» Mais si , pour mon tourment, jouant l'indifférence,
» Votre amour, trop long-temps, put garder le silence,
» Célime, permettez que je dise en ce jour,
» Que souvent l'amour-propre a fait parler l'Amour. »

LE LOUP.

FABLE.

—

Un loup était à l'agonie ;
Et les docteurs des bois,
Assemblés maintes fois,
Ne lui donnaient, au plus, que quatre heures de vie.
Pilules et sirops, breuvages anodins,
Tous les médicamens et tous les médecins,
Ne pouvant plus lutter contre la maladie,
Il fallut s'adresser aux Dieux :
— Jupiter, dit le loup, dans sa jérémiade,
Et l'espoir ranimant les forces du malade,
De moutons, de brebis, dans un temps plus heureux,
J'ai fait, je le confesse, un gaspillage affreux.
Oui, j'ai bien mérité la céleste vengeance :
Ils ne m'avaient rien fait, ces pauvres malheureux !
Mais, pour me corriger, pour faire pénitence,

Pour aimer les troupeaux, pour les faire jouir
    Des fruit de mon vif repentir,
Jupiter bienfaisant, rends-moi, rends-moi la vie!
Oui, si de ta bonté, de ta grâce infinie,
    J'obtenais ce présent,
Je le jure, grand Dieu! dans ma reconnaissance,
Loin de le dévorer, je prendrai la défense
    Et du faible et de l'innocent.
Je serai toujours juste, et sobre, et bienfaisant. —
Le loup dit; et Jupin, touché de sa prière,
Le rappela des bords de la sombre rivière;
Dans ses membres glacés circule un nouveau feu;
Et bientôt l'animal secouru par le Dieu,
    Se sent guéri, se sent renaître.
L'appétit lui revient, mais il mange fort peu;
Il se faut ménager quand on veut se remettre :
Et le loup encor faible, encor convalescent,
    Et sans doute reconnaissant,
Fut fidèle à ses vœux, ne fit point de victime :
Il vécut dans les bois d'herbages et de fruits;
Et demeura constant à ce nouveau régime
    Tant qu'il fut peu remis;
    Mais dès qu'il eut repris
Son embonpoint, sa force, et son premier courage,
Que furent ses sermens? son vertueux langage?
    Hélas! le premier jour,

Qu'il alla faire un tour,
Avide de jouir de sa nouvelle vie,
Au sortir de son bois, aux bords d'une prairie,
Le loup vit pacager
Un troupeau sans berger ;
Et vite l'animal, qu'aucun serment n'arrête,
Se saisit d'une bête.
Lors, voyant le danger,
Au loup, près d'assouvir une faim criminelle,
Plus d'une mère en pleurs, plus d'un mouton rappelle
Par des cris supplians, par des cris courageux,
Les sermens qu'il a faits aux Dieux :
— Infâmes ! dit le loup parjure !
Vous osez me faire l'injure
De soupçonner ma bonne-foi ?
Ce soupçon insolent est un crime pour moi !
C'est un complot affreux !... il faut que je l'arrête !
Il dit, et sans pitié dévorant une bête ;
Puis un frère, une sœur ; puis la mère et son fils,
Il sut, sous un prétexte honnête,
Satisfaire ses appétits ;
Prétendant avec assurance,
Et prouvant aux plus ignorans,
Que loin de trahir ses sermens,
Il venge son honneur ; il repousse l'offense ;
Il punit des mutins, des traîtres, des méchans.

Le malade en son lit, le marin dans l'orage,
S'accuse, se repent; par des vœux il s'engage :
Mais après le danger, qu'en est-il? bien souvent
    Autant en emporte le vent.

   Sermens, promesses solennelles,
   Ne sont que jeux, que bagatelles,
   Pour qui devient plus fort que nous.
Moutons, ne comptez pas sur les sermens des loups.
Quand ils veulent user d'un prétexte inutile,
   Au lieu d'un ils en trouvent mille.

~~~~~~

LA FÉLICITÉ.

ROMANCE,

A MADEMOISELLE FÉLICITÉ.

—

Viens réguer sur mon âme,
Douce *Félicité !*
Sois sensible à ma flamme,
Charmante déité !
Viens ! mon cœur te réclame,
Sois ma *Félicité !*

Si l'espoir de te plaire,
Belle *Félicité*,
M'a rendu téméraire,
Punis avec bonté,
Et permets que j'espère
Douce *Félicité.*

Punis-moi d'un sourire,
Chère *Félicité!*
Si pour toi je soupire,
Est-ce témérité?...
Non : tout le monde aspire
A la *Félicité!*

Mais quand Amour enchaîne,
Adieu *Félicité!*
Lors il n'est plus que peine...
Mais j'en suis exempté :
Car je suis dans la chaîne
De la *Félicité!*

ÉPITRE

POUR LE JOUR DE L'AN,

A un ami, qui ne pouvait posséder une somme considérable
d'argent, sans être tourmenté de la crainte des voleurs.

———

SOUHAITER des prospérités,
Le jour de la nouvelle année,
C'est suivre les formalités
D'une habitude surannée;
Mais adresser des vœux ardens
Afin que de *cruels tourmens,*
Des troubles, des inquiétudes,
Des soins et des sollicitudes,
De sinistres pressentimens,
Enfin, *mille vicissitudes,*
Viennent comme d'affreux torrens,
Fondre sur un ami sincère;
Ce souhait, je pense, est nouveau,
Et vous devez le trouver beau,

Puisque c'est une amitié chère
Qui pour vous l'adresse au Très-Haut.
S'il daigne écouter ma prière
Et me rendre à jamais content,
Il enverra, bel or comptant,
Cent mille écus dans votre bourse;
Et ce trésor sera la source
De ces *tourmens*, de ces *soucis*
Dont j'ai fait une kyrielle
Qui vous a sans doute surpris.
Et moi, devenu le modèle,
De l'amitié la plus fidèle,
Je veux, en de pareils momens,
Pour vous donner le témoignage
De l'ardeur de mes sentimens,
Faire avec vous égal partage
De vos *soucis*, de vos *tourmens* :
Si le Ciel à mes vœux docile,
Vous envoyait *cent mille écus*,
J'en recevrais *cinquante mille*,
Et, s'il le fallait, même plus.

LE SEIGNEUR ET LE FLEUVE.

FABLE.

—

Sur la rive fleurie, et fertile et riante,
  D'un fleuve qui, suivant sa pente,
Et prodiguant ses eaux par maints et maints conduits,
Bien au loin faisait naître et des fleurs et des fruits,
  Se trouvait un château gothique,
Dont les lugubres tours et la façade antique,
      Imprimant à l'entour
La tristesse et le deuil de leur architecture,
Semblaient, tyrans muets, vouloir à la nature,
Commander le silence et disputer le jour.
L'hôte de ce repaire était d'humeur sinistre,
Et l'on croit que Pluton le fit premier ministre
      Et grand censeur de ses États,
      Dès qu'il fut descendu là-bas.
Ainsi donc, ce hibou, dans son humeur chagrine,
Ne pouvant supporter le murmure des eaux,

Se mêlant sur la rive aux concerts des oiseaux,
Dans ses sombres pensers, l'insensé s'imagine
D'arrêter le torrent. A grands frais, aussitôt,
Il élève une digue, et le fleuve bientôt
Ne fait que plus de bruit en tombant de plus haut.
Furieux, le seigneur, n'écoutant que sa rage,
A sa digue inondée ajoute maint étage :
De sorte que le fleuve un moment contenu,
    Ne faisant plus bonds, ni cascade,
L'homme du vieux château pense l'avoir vaincu
Et forcé de s'ouvrir un chemin rétrograde.
A ce penser si doux il fait mainte bravade :
Mais cette illusion du piteux goguenard
    Fut passagère autant que vaine :
    Car le fleuve, en son lit rencontrant un rempart,
S'épanche largement, gagne toute la plaine,
Et pendant que, la nuit, l'ennemi du courant,
Joyeux, s'applaudissait de ce profond silence
Qu'il avait imposé, disait-il, au torrent,
Le fleuve répandu comme une mer s'avance :
    Mais insensiblement, sans bruit,
Inonde les fossés, les souterrains antiques ;
Mine les fondemens, monte jusqu'aux portiques ;
Menace le château, l'ébranle, le détruit,
Et le maître effrayé se sauvant à la nage,
Après mille dangers, sur un lointain rivage

Recueilli, vit bientôt sa digue enfin cédant
     Aux efforts du torrent,
Se rompre avec fracas, avec un bruit horrible,
Rouler avec les flots et répandre la mort.
Alors, l'homme inquiet, l'homme si susceptible,
Qu'un murmure des eaux importunait si fort,
Reconnaissant enfin le torrent invincible,
Confessa, mais trop tard, en pleurant son château,
     Que l'on doit laisser couler l'eau.

Prétendre anéantir les progrès des lumières,
C'est vouloir arrêter un torrent qui bondit.
Mieux vaut le diriger et lui creuser un lit,
Et d'une main habile, en tous lieux dans les terres,
     Ouvrant mille canaux,
Pour enrichir nos champs y répandre les eaux.

BACCHUS ET L'AMOUR.

CHANSON DE TABLE, A CHOEUR.

(Demandée à l'auteur.)

—

UNE VOIX.

Vive Bacchus! vive l'Amour!
Les bien servir est mon envie;
Car si l'un m'a donné le jour,
L'autre me conserve la vie.

CHOEUR.

Vive Bacchus! vive l'Amour!
Les bien servir est notre envie :
Si l'un nous a donné le jour,
L'autre nous conserve la vie.

UNE VOIX.

Que j'aime à voir à mon côté
Bon vin, fraîche maîtresse!

Ma mignonne, je la caresse,
Et puis je bois à sa santé ;
Si bien que dans la douce ivresse
Que donne le vin et l'Amour,
J'aime et je chante tour à tour
Et ma bouteille et ma maîtresse.

CHŒUR.

Vive Bacchus! vive l'Amour!
Les bien servir est notre envie :
Si l'un nous a donné le jour,
L'autre nous conserve la vie.

UNE VOIX.

Mais hélas! sans l'une des deux,
Oui, ma douleur est sans pareille :
Privé de ma chère bouteille,
Adieu mes transports amoureux!
Et si Chloris ne verse à boire,
Tel est mon malheureux destin,
Je ne saurais goûter le vin,
Mes amis vous pouvez m'en croire.

CHŒUR.

Vive Bacchus! vive l'Amour!
Les bien servir est notre envie :
Si l'un nous a donné le jour,
L'autre nous conserve la vie.

LES DINDONS ET LES PAONS.

FABLE.

—

CERTAINS paons orgueilleux, avides, indociles,
    En guerre se mirent, un jour,
        Contre les citoyens utiles
        De même basse-cour.
Les oiseaux de Junon, tout fiers de leur plumage,
Exhumant à l'envi des titres et des lois,
        Réclament, comme un héritage,
        Certains honneurs et certains droits.
Ils veulent gouverner eux seuls toute la bande ;
Avoir le premier pas, même un juchoir d'honneur ;
Des grains que chacun trouve il leur faut une offrande,
Et quiconque resiste est un conspirateur.
Les cochets et les coqs, prêts à venger l'offense,
Envisageant d'ailleurs un secours opportun
        En ceux qu'appelle à la défense
        Un intérêt commun,

Des paons comptent bientôt arrêter l'insolence :
Mais, hélas ! qui l'eût cru ? les dindons orgueilleux,
    Vils flatteurs, sots ambitieux,
Vont renforcer les paons, vont combattre pour eux ;
Ils s'enflent, font la roue, insultent la volaille ;
    Les premiers lui livrent bataille ;
Et les paons d'applaudir pendant tout le combat ;
De traiter les dindons, d'égaux, d'amis, de frères :
    Mais bientôt la fin du débat
    Des dindons gâta les affaires :
Car méprisés, bernés et chassés par les paons,
Comme étant de la vile, et, de plus, sotte race.
Chez la volaille aussi trouvant même disgrâce,
Ils furent le jouet des petits et des grands.
    Vainement ils firent la roue :
    Les paons les laissent dans la boue.
Lorsqu'il fallait combattre, ils étaient tous *des bons ;*
Mais le jour du partage, il furent des... dindons !

~~~~~~

PENSÉE.

—

DORIMON, que toujours le hasard favorise,
Fut toujours *étourdi*, *paresseux*, *ignorant* :
Néanmoins, on le dit *habile*, *actif*, *prudent*,
Et partout à l'envi chacun le préconise.
    — Est-ce une énigme que ceci?...
    — Non : c'est que pour être applaudi,
Il ne faut qu'avoir réussi.

~~~~~~

LE CHASSEUR ET LES BRACONNIERS.

FABLE.

—

Des braconniers étaient en quête ;
Comme habile chasseur, Edmond marchait en tête.
   La meute donne : un lièvre part;
   Edmond le tire, et, par hasard,
Il le manque : je dis par hasard, et pour cause,
Edmond manquer un lièvre étant étrange chose :
Car, prompt comme l'éclair, son coup d'œil meurtrier
Toujours avec le plomb atteignit le gibier.
Mais cette fois Edmond, sur le bord difficile
D'un humide ravin, glissant dessus l'argile,
Ne put bien maîtriser son tube suspendu;
Et, cessant d'être heureux sans cesser d'être habile,
Pour la première fois tout son plomb fut perdu.
L'explosion pourtant ne fut pas inutile :
Près de là des perdreaux en étant effrayés,
Volent avec fracas du milieu des guérets;

Et l'un des braconniers, de tous le moins habile,
Le croira-t-on? celui qui tenait dans ses mains
Pour la première fois le foudre des humains,
Tirant sur les perdreaux, par un coup incroyable
    Du sort inconstant et malin,
Abattit à ses pieds le lièvre misérable,
Échappé mainte fois d'un péril plus certain;
Et de nos braconniers la cohorte bruyante
    D'entourer la bête mourante;
D'applaudir en chorus l'innocent assassin;
De huer le chasseur de tous le plus habile,
Qui, malheureux enfin pour la première fois,
Perdit en un moment l'honneur de tant d'exploits.

C'est ainsi que souvent aventure fortuite
Fait applaudir un sot et huer le mérite.

vvv

RÉFLEXIONS

CRITIQUES ET MORALES

Sur la fable de la Cigale et la Fourmi, de La Fontaine ;
avec la suite de l'histoire qui a fourni le sujet de cette
fable.

—

AYANT bien lu, bien réfléchi
La réponse que la fourmi
Fit, *quand la bise fut venue*
A la cigale *dépourvue*
Déjà *du plus petit morceau,*
Et de mouche et de vermisseau,
A jeun, et presque défaillante ;
Je me dis : le style en est beau ;
Mais quant à la leçon, est-elle édifiante ?
Peut-on dire d'aller *danser*
A quiconque va trépasser !
Il est bon, je le sais, de punir la paresse ;

D'effrayer quelquefois, de porter la jeunesse,
Qu'égarent les plaisirs, les coupables amours,
A l'étude, au travail; et, pendant les beaux jours,
De lui faire cueillir des fruits pour la vieillesse.
　　Je conviens que, sous ce rapport,
　　On peut approuver l'ouvrière;
Mais, tout mis en balance, on lui doit donner tort :
Est-il jamais permis d'insulter la misère?
Je ne le pense pas. On nous prêche toujours :
Donnez aux malheureux protection, secours;
　　C'est la morale des apôtres;
Et l'ardeur d'amasser, d'entasser bien sur bien,
Fait souvent oublier le précepte chrétien.
Être trop dur pour soi rend cruel pour les autres;
Et les dévots aussi fournissent fréquemment
　　La preuve de cet argument :
　　Je parle généralement;
Car il est, je le sais, dans l'une et l'autre espèce,
Des êtres bienfaisans, des cœurs pleins de noblesse.
Et de l'exception je vais offrir ici
　　Un tableau raccourci,
　　Où l'abeille laborieuse
Se montre en même temps et sage et généreuse.
　　Mais revenons à la fourmi.
Voulez-vous, dites-moi, quand la faim et la bise
Mènent à votre porte un vieillard engourdi,

Que, comme l'insecte endurci,
Quelqu'un de vos enfans lui dise :
Sans doute vous chantiez quand vous étiez enfant,
Eh bien dansez maintenant.
Je ne veux point ici réprimander mon maître :
Bien loin de là, je voudrais être
De ses charmans défauts l'heureux imitateur.
La fourmi répondit, lui n'est que le conteur.
Le mal est (on eût vu des choses merveilleuses)
Que, dans les archives poudreuses,
Où l'auteur immortel, le peintre sans rivaux,
Puisa sur divers animaux,
Tant d'histoires miraculeuses,
Il n'ait pas découvert l'antique manuscrit
Qui donne la fin du récit
Si bien commencé dans sa fable.
Par un hasard inconcevable,
Je viens de le trouver; mais mauvais traducteur
D'une langue vieillie et fort peu déchiffrable,
Loin de prêter à mon auteur,
Comme l'a toujours fait notre modeste Orphée,
Une nouvelle vie, un charme séducteur,
Je ne puis tout au plus qu'indiquer sa pensée.
Pourtant je ferai de mon mieux.
On laissera la forme, on prendra la matière,
Et quelque conteur plus heureux,

Ayant l'art d'instruire et de plaire,
Pourra de mon récit faire un récit fameux.
     Moi, je conte comme je peux.

     La cigale criant famine,
     Qui de la fourmi sa voisine
     Ne put, quand l'hiver fut venu,
     Obtenir le grain plus menu ;
     Pas même, quand elle est mourante,
     Une parole consolante,
S'en fut chez une abeille exposer ses besoins.
     L'abeille à de généreux soins
     Livre son âme bienfaisante :
        L'abeille vit de fleurs,
Et chez les animaux cette douce pâture
        Peut-être rend meilleurs.
Quoi qu'il en soit, chez eux, de cette conjecture,
        On voit que parmi nous
Les lettres, les beaux-arts, rendent l'homme plus doux,
Et toujours plus sensible aux pleurs de la misère.
     Bref, dans sa ruche hospitalière,
La faiseuse de miel, à l'insecte chanteur,
        Donna du meilleur cœur,
Épargnant à sa honte une longue prière,
     Bon gîte et quelque peu de miel.
Il fallait ménager ce doux présent du Ciel.

L'usage en était beau; mais l'abeille prudente
    Sait que la saison inconstante
Peut tromper son espoir, son penchant généreux;
Retarder sa moisson; la rendre insuffisante,
    Et pour les malheureux,
Comme pour elle aussi, donnant avec sagesse,
Généreuse pourtant, elle sait ménager
    Et prévoir le danger.
Exposer tout son bien, prodiguer sa richesse,
N'est pas toujours le fruit du désir d'obliger :
Souvent c'est vanité, toujours c'est imprudence;
    Et mon abeille a la science
    De ne faire que ce qu'il faut.
    Enfin s'approcha le temps chaud,
    Et notre cigale confuse
    De tout les soins qu'elle a reçus,
Fut faire ses adieux, et mainte et mainte excuse
    A l'abeille encore recluse.
Lors, après des discours qui seraient superflus,
    L'abeille fit à la cigale
    Cette noble morale :
« Mendier du secours est un cruel tourment :
» Vous avez éprouvé le plus grand châtiment.
    » Hélas! vous l'avez pu connaître,
    » L'été toujours ne dure pas,
 » Et l'on se doit munir pour le temps des frimas.

» Vous étiez jeune encor; vous l'ignoriez peut-être :
    » L'expérience est un grand maître.
» Rappelez-vous de moi, recevez mes adieux,
» Et que l'hiver prochain soit pour vous plus heureux! »

    En effet, notre aventurière,
    Par la hont', par la misère,
Plus par l'âge, peut-être, ayant enfin appris
    Que l'on doit pourvoir son logis,
    Pour la saison où la froidure
      Engourdit la nature,
Durant la canicule amassa quelques grains.
Elle chanta pourtant quelques nouveaux refrains;
Il est un temps pour tout. La vie est un voyage,
    Il nous faut l'embellir.
Notez! je ne dis pas qu'il ne soit toujours sage
    De travailler pour l'avenir :
Loin de moi ce penser! il faut se bien munir
Pour arriver gaîment jusqu'au sombre rivage;
Pour laisser après soi du bien à ses enfans,
    Et les rendre contens.
    Du sage l'aimable science
    Est de bien partager son temps
Entre un travail utile et des amusemens;
    Et de savoir avec prudence,
Prendre du superflu d'un douteux avenir

Repos et jouissance,
Pour donner au présent toujours prompt à nous fuir·
Que penser de celui qui se détruit pour vivre?
Qui, surchargé de biens, aux bords de son tombeau,
Hâte son dernier jour par un nouveau fardeau
De chagrins et de soins? Est-ce un exemple à suivre?
La cigale fit mieux :
Elle chanta, fit sa cueillette;
Et quand vint le temps nébuleux,
Elle eut assez dans sa retraite,
Pour elle et pour les malheureux,
Qui dans l'hiver vivent de quête.
Bien plus, elle put à son tour
Combler de ses bienfaits l'abeille hospitalière,
Qui vit en moins d'un jour,
Anéantir les fruits d'une longue carrière :
Car des loups, poussés par la faim,
Détruisirent tout son essaim;
Ni de miel, ni de cire il ne lui reste mie :
L'abeille a tout perdu!...
Mais non : il lui reste une amie.
Sa touchante leçon, son bienfait, sa vertu,
Avaient chez la cigale, encor tout attendrie,
Porté leur fruit sacré : car notre convertie,
Riche et reconnaissante, apprenant le malheur
De l'abeille, elle accourt, la presse sur son cœur;

Chez elle la convie,
Ouvre ses magasins,
Offre ses meilleurs grains,
Sa chambre mieux garnie,
Et ce jour fut, je crois, le plus beau de sa vie.

Et quant à la fourmi,
Voici
Ce que j'ai déchiffré sur une vieille page :
Sa maison et ses grains emportés par l'orage,
Elle mourut de faim, à la fleur de son âge,
Faute d'un seul ami ;
Et je conclus, aussi,
Que l'abeille en tout fut plus sage.

O! vous qui, pour cacher un égoïsme honteux,
Osez vous ériger en censeurs orgueilleux,
Arrêtez! au refus ne joignez pas l'offense!
Ce n'est pas des sermons qu'il faut à la souffrance!
Non, jamais le plus beau discours
Ne peut dispenser du secours
Qu'on doit à son prochain, à son ami, son frère.
Montrez-vous généreux ; puis, si ça peut vous plaire,
Faites votre leçon : quelquefois on le doit ;
Mais seul le bienfaiteur peut user de ce droit.

~~~~~~

LE VAISSEAU ET LA FEMME.

CONTE

Composé sur le défi fait à l'auteur de faire une pièce d'au moins quarante vers, dont chacun se terminât alternativement par un des mots *vaisseau* et *femme* *.

—

POUR long trajet sur un *vaisseau*
S'embarqua jadis jeune *femme*,
Veuve d'enseigne de *vaisseau*,
Mort en mer bien loin de sa *femme*,
Le capitaine du *vaisseau*,
Où vint s'embarquer cette *femme*,

* M. de Boufflers a composé, sur un semblable défi, un conte en quarante-quatre vers, qui a mérité d'être placé dans la petite *Encyclopédie Poétique*, et qui est généralement connu. Les deux mots qui lui furent donnés sont *cheval* et *fille*.

Toujours reclus dans son *vaisseau*,
N'avait encor aimé de *femme*;
Mais l'Amour vint, dans son *vaisseau*,
L'amouracher de cette *femme*.
Dès lors, oubliant son *vaisseau*,
Il ne songe plus qu'à la *femme* :
Aussi, tous les gens du *vaisseau*
A l'envi maudissaient la *femme* :
Car tout de travers le *vaisseau*
Allait comme tête de *femme*;
Et chacun disait qu'au *vaisseau*
Porterait malheur cette *femme*;
Voyant bien que, dans le *vaisseau*,
Le capitaine avec la *femme*
Faisaient ce que dans un *vaisseau*
Un homme ne fait pas sans *femme*.
Là-dessus, fond sur le *vaisseau*,
Et le moins qu'y songeait la *femme*,
Tempête qui, dans le *vaisseau*,
Fait tout crier, surtout la *femme*.
Montant, descendant, le *vaisseau*
Faisait chavirer notre *femme* :
Car pour aller sur un *vaisseau*
Ne faut avoir tête de *femme*.
Sous la vague étant le *vaisseau*,
En Enfer se croyait la *femme*;

* 9.

Mais quand surnagea le *vaisseau*,
En pleurs, dit aussitôt la *femme*
Au capitaine du *vaisseau* :
—Si tu ne me prends pour ta *femme*,
Nous périrons dans ce *vaisseau*;
C'est ce que te prédis en *femme*
Qui voit fort bien de ce *vaisseau*,
Dieu courroucé pour une *femme*,
Tonnant au-dessus du *vaisseau*,
Qu'il va frapper pour une *femme*.

Le capitaine du *vaisseau*,
Ayant aussi bien que la *femme*,
Craintes sur le sort du *vaisseau*,
Aussi criminel que la *femme*,
Pour détourner de son *vaisseau*
Le sort que lui prédit la *femme*,
Aurait voulu dans le *vaisseau*,
Se marier avec la *femme*;
Mais point n'était dans le *vaisseau*
De prêtre pour marier *femme*.
Alors, pour sauver son *vaisseau*,
Et plus pour lui que pour la *femme*,
Le capitaine du *vaisseau*
Fait le beau serment à la *femme*,
Qu'il ne sortira du *vaisseau*

Sans aller la faire sa *femme*.
Le calme enfin dans le *vaisseau*
Rendit, et surtout à la *femme*,
La gaîté, que dans un *vaisseau*
Apporte toujours jeune *femme*,
Surtout quand le chef du *vaisseau*
Aime à jouer avec la *femme*
Qu'il a reçue en son *vaisseau*.
Pour revenir à notre *femme*,
Du capitaine de *vaisseau*,
Elle se croyait déjà *femme*;
Mais quand arriva le *vaisseau*,
Qu'il fallut débarquer la *femme*,
Le capitaine du *vaisseau*
Dit fort brusquement à la *femme*:
— J'ai juré que de ce *vaisseau*
Je ne sortirais, belle *femme*,
Que pour aller, de mon *vaisseau*,
Faire aussitôt de vous ma *femme* :
Mais ne quittant point mon *vaisseau*,
Je suis quitte de prendre *femme*.
Je mourrai donc sur mon *vaisseau*,
Et vous, partez, ma belle *femme* !

Sur capitaine de *vaisseau*
Ne comptez jamais, jeune *femme*,

Car il préfère son *vaisseau*
Aux plaisirs que donne une *femme.*
Tout capitaine de *vaisseau*
Devrait d'ailleurs être sans *femme*,
Car naviguant sur son *vaisseau*,
Qui lui répondra de sa *femme ?*

Dans le danger de leur *vaisseau*,
Souvent maint homme, mainte *femme*,
Ont fait des vœux sur un *vaisseau*
Fragile comme jeune *femme ;*
Et les Dieux, sauveurs du *vaisseau*,
Furent, au port, comme ma *femme*,
Trompés par des gens du *vaisseau.*

LE ROSSIGNOL ET LE BŒUF.

FABLE.

—

Un jour du printemps le plus beau,
Philomèle chantant les amours de Silvaine,
  Rosière du prochain hameau,
  Racontait que dessous un chêne,
Sur le gazon fleuri, tout près d'une fontaine,
  Un soir, le berger Adonis,
Ramenant au troupeau de la jeune bergère
Un mouton égaré, reçut pour son salaire,
Un baiser refusé, puis donné, puis repris.
Là-dessus, fredonnant, l'oiseau brodait l'histoire;
  Et par d'aimables chants,
Tantôt vifs et pressés, et tantôt languissans,
  Charmait un nombreux auditoire :
Un bœuf, qui l'aurait cru! l'interrompt et lui dit :
— O chanteur ignorant! arrête : ton récit
Est faux; je le soutiens. Tu nous parles d'un chêne

Tandis, j'ai de bons yeux, qu'auprès de la fontaine
Où Colin ramena le mouton de Silvaine,
    On ne voit qu'un ormeau.
J'offre de le prouver; sur les lieux qu'on me suive.
    — Ma foi, dans cette alternative,
Hélas! de suivre un bœuf ou de croire un oiseau,
Laisse-nous sous le chêne et va-t'en sous l'ormeau!
Que fait à des chansons un point de botanique?
Insensible docteur, ne trouble pas les chants
Qui charment nos bosquets et notre république. —
    Telle fut, dit-on, la réplique
    De tous les assistans.

Cette leçon s'applique aux pédans pleins d'envie,
Sottement érudits, qui, pour perdre un auteur,
L'attaquent sur un mot; et, sourds à l'harmonie,
Font, de ce mot dépendre ou la honte ou l'honneur.

On aime en ses erreurs une aimable saillie :
Le plaisir nous les fait pardonner aisément;
Et l'on préfère encor applaudir la folie
    Que suivre pas à pas un lourd raisonnement.

~~~~~~

STANCES

SUR UNE BRULURE AU DOIGT.

A MADEMOISELLE....

—

Au doigt une flamme cruelle
Vous fit ressentir la douleur;
Un feu d'une essence immortelle
Par mes yeux embrasa mon cœur :
Je vous plaignis, veuillez me plaindre;
Ma douleur me donne ce droit :
Car mon feu ne saurait s'éteindre,
Comme le feu de votre doigt.

Au doigt si j'avais ma brûlure,
Mon mal ne serait pas si grand;
Car l'objet des maux que j'endure
Accroît tous les jours mon tourment.

Vous connaîtriez la différence,
Si l'Amour faisait ce qu'il doit,
De ce feu qui fait ma souffrance
Au feu dont souffre votre doigt.

Du doigt le dieu d'amour vous montre
Et tient ce langage aux mortels :
— Fuyez de ces yeux la rencontre;
   sont mes traits les plus cruels.
-- Rassurez-vous, m'ont dit les Grâces,
D'espérer vous avez le droit :
C'est notre sœur. Suivez les traces
De celle qu'Amour montre au doigt.

~~~~~~

ÉPIGRAMME.

—

Comment pénétrer ce mystère ?
On dit qu'à certain poste est parvenu Rimper :
Poste fort élevé ! Comment se peut-il faire ,
   Lui qu'on a toujours vu ramper ?

ÉPIGRAMME.

—

Chez les gens en crédit, Damon, vil et rampant,
Achète contre nous le droit d'être insolent.

LICIDAS, LA FORTUNE,
L'IMPOSTURE ET LA RAISON.

FABLE.

La Raison, la Fortune, un jour,
Dans le plus beau chemin marchaient de compagnie.
Licidas qui les voit, leur va faire sa cour,
Et trouve à la Raison une grâce infinie ;
  Il en proclame les attraits,
  En fait ressortir tous les traits.
Il vante ses atours, l'éclat de son cortége ;
Y cherche des amis, y fait plus d'un manége.
  Mais las ! d'être avec la Raison
  Bientôt la Fortune s'ennuie :
  Ce n'est point avec telle amie
  Qu'elle a de longue liaison.
  Ainsi donc voyant l'Imposture,
  Qui sortait d'une grotte obscure,

La Fortune l'aborde, à ses côtés s'asseoit ;
Avec elle bientôt se montre en maint endroit ;
    Et Licidas bien vite
    D'accourir à leur suite ;
  De fuir, d'insulter la Raison ;
  De plaindre la troupe qu'il quitte
  Par une infâme trahison ;
De n'y plus voir enfin, même dans son élite,
  Que des traîtres et des mutins,
  Des complots et d'affreux desseins ;
  Tandis que l'infâme parjure,
Dans la troupe insolente où marche l'Imposture,
  Ne voit que des projets divins,
  Des honnêtes gens et des saints.

    La race devient fort commune
    De ces vils intrigans de cour,
Qui flattent à l'envi, caressent tour à tour
Ceux que flatte ou trahit l'inconstante Fortune.

ODE

SUR L'AMBITION.

—

PEUPLES, connaissez votre maître ;
Sachez quel despote envieux
S'est fait un droit de méconnaître
Les accens les plus généreux.
Apprenez quel tyran avide
Sut, à sa puissance perfide,
Immoler votre liberté :
L'Intérêt éleva son trône,
Et l'Orgueil forma la couronne
Dont le pare la Vanité.

Vainement la reconnaissance,
L'amitié, le devoir, l'honneur,
Élèvent contre sa puissance

10.

Un cri souvent accusateur :
Tout cède à son pouvoir magique ;
Envahir est sa politique ;
Il se rit des beaux sentimens.
Perfide, insensible, parjure,
Il ne connaît dans la nature
Que victimes et qu'instrumens.

Lui seul commande sur la terre,
Sur les trônes, sur les autels ;
Et les peuples, dans leur misère,
Accusent d'augustes mortels !
Clameurs injustes, inutiles !
Les rois ne sont-ils pas fragiles,
Faibles et bornés comme nous ?
Quel tyran eût été capable
De rendre un peuple misérable,
S'il eût lutté seul contre tous ?

AMBITION, lève la tête !
Le monde est soumis à tes lois.
Jouis en paix de ta conquête ;
Mais ne vante pas tes exploits.
Parais dans ta magnificence !
Que ton char triomphal s'avance
Sur l'or, sur la pourpre et les fleurs !

Vois les nations enchaînées,
Suppliantes et prosternées,
Te livrer leurs fiers défenseurs.

Peux-tu te montrer chancelante
A l'aspect d'obscurs ennemis ?
Poursuis ta marche triomphante ;
Flatte les hommes avilis !
Je les vois, ils t'offrent leur vie ;
Ils bravent pour toi l'infamie,
La voix, les accens de leur cœur ;
Et, pour consacrer leurs prodiges,
Ils ont usurpé les prestiges
Et du devoir et de l'honneur.

Qu'ils suivent ton char de victoire ;
Que leurs yeux en soient éblouis ;
Qu'ils fassent admirer leur gloire
Au peuple crédule et soumis ;
Que pour déguiser leur bassesse,
Que pour nous cacher leur faiblesse,
Ils se montrent audacieux ;
L'éclat, la pompe mensongère
De leur vanité téméraire
N'en imposent point à mes yeux.

Peuples inconstans et frivoles,
O vous tous aveugles mortels !
Encensez ces riches idoles,
D'offrandes chargez leurs autels.
Leur faim sans cesse renaissante,
Tour à tour humble et menaçante,
Accuse vos impiétés.
Accourez donc, peuples timides,
Rassasiez ces dieux avides,
Ou changez de divinités !

Laissons cette troupe avilie
Jouir d'un spectacle trompeur ;
Osons braver la calomnie :
Mais craignons la voix de l'honneur.
Qu'une illusion passagère ;
Qu'une promesse mensongère,
Ne corrompe pas l'innocent.
O vous, qui cherchez la puissance !
Elle est dans votre indépendance :
L'homme libre seul est puissant.

Laissons les courtisans perfides
Dans les chaînes de la Faveur :
A-t-on vu des hommes avides
Goûter un moment de bonheur ?

Un succès rival les irrite ;
Et même, quand la réussite
Couronne leurs pénibles soins,
Aussitôt, dans leur opulence,
Ils retombent dans l'indigence,
Esclaves de nouveaux besoins.

Voyez cette foule importune
Qui les tourmente, les poursuit ;
Mille rivaux de leur fortune
Les menacent de leur crédit.
Bientôt, accablé par l'envie,
La trahison, la calomnie,
Il tombe cet homme en faveur ;
Et chacun brigue la conquête,
Alors que la même tempête
Menace déjà le vainqueur.

O vous qui de la conscience
Respectez les divines lois !
Vous tous qui, dans l'indépendance,
Aimez à défendre nos droits !
Voyez cette retraite sombre
Vous offrir ses fruits et son ombre,
Et le bonheur de la vertu :
Aucun remords, aucune plainte

N'approcha jamais cette enceinte
Fermée à l'homme corrompu.

Venez dans cette humble retraite,
L'asile de la Vérité ;
Fuyez cette trompeuse fête
Que vous offre la Vanité.
La Raison vous montre la route ;
Dessous une rustique voûte,
Le Plaisir vous offre des jeux ;
Et l'Amitié, la Confiance
Vous assurent, pour récompense,
Leurs droits sur les cœurs généreux.

Là, redoutant moins l'esclavage,
Toujours dans la paix de nos cœurs,
Nous entendrons gronder l'orage
Sans nous reprocher ses fureurs.
Et si, pour garantir sa tête,
L'ambitieux, dans la tempête,
Vers ce lieu saint tourne ses pas,
Pour nous venger de ses injures,
Pour le punir de nos tortures,
Nous courrons lui tendre les bras.

Respectons toujours la constance

De ces nobles ambitieux
Qui chérissent dans la puissance
Le droit de faire des heureux.
Oui, ceux-là qui n'ont point pour guide
Un fol orgueil, un gain sordide,
Ont des droits sacrés sur nos cœurs :
Sages, on bénit leur empire ;
Égarés, on doit encor dire
Qu'il est d'honorables erreurs.

LE GÉANT ET LES NAINS.

FABLE.

JADIS dans un royaume un géant s'endormit.
Aussitôt sur son corps une troupe insolente
    De nains de couleur éclatante,
Brodés d'or et d'argent, d'autres couleur de nuit,
    Montèrent petit à petit;
Et ces bataillons nains, non sans beaucoup de peine,
Parvinrent à leur gré, par mainte et mainte chaîne,
A lier pieds et mains au géant endormi.
Bientôt, plus confiant, ce vil peuple fourmi
Le frappe à coup de croix, de crosses et de lances;
Mais le géant plongé dans un profond repos,
Est encore insensible aux coups de ces marmots.
Aussi, le croyant mort, redoublant d'insolences,
Et voulant noblement terminer leurs travaux,
Les nains prennent des fers, des leviers et des haches,
    Des machines et des outils,

Afin de couper, disent-ils,
  Un poil de ses moustaches ;
Mais enfin le nouvel Atlas
S'éveillant avec grand fracas,
Adieu les nains, leurs dards, leurs leviers et leurs chaînes !
Le géant en soufflant en détruit par centaines.

  Tel peuple qu'on croit asservi,
Ainsi que mon géant peut n'être qu'endormi.

~~~~~~

CHANSON

Sur le mariage ridicule d'une veuve et d'un veuf.

AIR : *Partant pour la Syrie.*

—

PAR les nœuds d'hyménée
Un couple fort gaîment,
Unit sa destinée,
L'un l'autre se trompant.
De ce couple fidèle
Chacun disait, riant :
— Elle n'est pas très-belle !
Lui, n'est pas très-vaillant !

Le soir du mariage
Chaque époux tendrement,
Sans penser à son âge,
Se montre impatient.
Le lendemain querelle,
Ils se disent, boudant :

— Tu n'es pas la plus belle ;
— Ni toi, le plus vaillant !

Dès lors l'épouse aimante
Reproche à son ami
Sa valeur chancelante,
Qui fait tout à demi.
L'insensible, auprès d'elle,
S'endort en lui disant :
— Ah ! que n'es-tu plus belle !
Je serais plus vaillant !

— Ce discours ne t'excuse,
Répond-elle en grondant.
Mais que chacun s'abuse
Par ce discours prudent :
D'être toujours fidelle
Qui tient mieux le serment ?
Ce n'est pas la plus belle,
Et ni le plus vaillant.

LE RUSTRE ET LE CHASSEUR.

FABLE.

—

LONG-TEMPS aiguillonné par la soif, par la faim,
Un chasseur du vieux temps, dans une plaine aride,
   Errant, cherchait en vain
Des fruits de la saison, quelque source limpide;
Il allait succomber quand, tournant un coteau,
Il sent quelque fraîcheur, croit entendre un ruisseau;
Et bientôt près de lui, sous un épais ombrage,
   Il voit briller dans le feuillage
   Les fruits prémices du printemps.
— Des cerises, grand Dieu! quelle bonne nouvelle!...
Mais l'arbre est par trop haut... où trouver une échelle?
Il raisonnait ainsi quand il vit dans les champs
   Un groupe de paysans.
Il appelle : et Colas, à la mine hagarde,
   Quitte la troupe campagnarde,
Ses frères, ses amis; accourt vers le chasseur,

Et lui dit : — Monseigneur,
Ordonnez, me voici, que faut-il que je fasse ?
  Si pour moi ce n'est trop d'honneur
     De servir votre grâce,
     Disposez, Monseigneur,.
     De votre serviteur.
— Vraiment, dit le marquis avec un doux sourire,
Notez qu'il avait faim ! tu viens fort à propos ;
Car je voudrais cueillir de ces fruits que j'admire...
Ils sont mûrs, n'est-ce pas ?... Voyons, tourne le dos...
Tu l'as fort : il paraît que dans cette contrée
Votre race prospère, et que cette denrée
    Profite au seigneur de ce lieu...
Mais laissons ce discours... vite, voyons un peu :
Dessous ce cerisier mets-toi dans l'attitude
    Des animaux à quatre pieds ;
Puis, quand serai dessus, t'élevant par degrés,
A mon commandement, avec exactitude,
Tu te relèveras ; puis, d'un bras vigoureux,
    Tu m'exhausseras de ton mieux.
Tu me verras bientôt jouant des bras, des hanches,
Bien au-dessus de toi m'accrocher à ces branches ;
Puis atteindre à ces fruits, si frais, si séduisans,
Dont je prétends cueillir pour toi, pour tes enfans.
Notre rustre aussitôt, suivant tout le précepte,
Sert d'échelle au chasseur, qui, dessus l'arbre assis,

Se gorge de ses meilleurs fruits,
Sans d'aucune façon s'occuper de l'inepte.
    De sorte que le villageois
Ne voit tomber d'en haut que ce qui tient au bois
      La cerise pendue ;
Puis, sur notre rustaud, plus confus que la grue
A qui sur une assiette un renard mal appris,
    Ne servit qu'un brouet jadis,
Tombe du cerisier, et comme sur statue,
    Grêle abondante de noyaux ;
Puis enfin le chasseur lui rejette les peaux
Des fruits dont le vilain n'eut qu'à peine la vue.

Ne servez pas d'échelle aux plus puissans que vous :
Au bas du cerisier ils sont polis et doux,
    Vous font mille et mille promesses,
    Et des sermens et des caresses ;
Mais quand, montés sur l'arbre, ils cueilleront ses fruits,
Quel sera votre lot ? des noyaux, des mépris.

~~~~~~

LE ROSSIGNOL ET LE PAON.

FABLE.

—

On vante l'or, l'azur, l'éclat de mes couleurs ;
Mon plumage pourtant n'a rien que d'ordinaire,
Disait un paon superbe à des complimenteurs.
— Ton plumage est divin ; mais, écoute, mon frère,
Lui dit un rossignol nullement envieux,
Mon chant te paraît-il tendre et mélodieux ?...
Et de là Philomèle entonne une romance ;
     Et chacun à l'ouïr
     Se pâme de plaisir.
   Mais interrompant la cadence,
    Le paon, loin d'applaudir,
S'écrie avec dédain : — Voyez quelle insolence !
Alors que mon plumage est l'ornement des cieux,
Quand il brille à côté de la reine des dieux ;
Un chétif rossignol ose avec confiance,
Comparer des chansons, des soupirs langoureux,

A mes riches saphirs, à ma magnificence ?
Va siffler dans les bois, fredonneur malheureux,
Et fatiguer l'écho de ta vaine cadence ! —
Le rossignol surpris, au paon présomptueux
    Répondit par cette sentence :

On peut sans vanité montrer un don des cieux ;
Mais tel qui s'humilie est souvent vaniteux,
Et montre à découvert son orgueil hypocrite,
    Dès qu'un succès l'irrite.

~~~~~~

LA TERRE.

ODE PHILOSOPHIQUE ET MORALE.

ÉLÈVE-TOI, mon âme, au-dessus du tonnerre!
Que le feu du génie allume tes transports!
Vole au séjour des dieux pour contempler la Terre,
  Sujet de mes accords!
 Assez sur ce globe indocile,
Jupiter, ta colère a causé de terreurs:
Tiens, ô père des dieux! tiens ta foudre immobile!
N'obscurcis par les airs de ses sombres vapeurs.

  Apollon, reçois ma prière!
Inonde de tes feux, grand dieu de la lumière,
Ce vide où tu régis tant de mondes épars!
Et que de tant de feux une étincelle éclaire
  Mes novices écarts!....
 Précédés des sombres nuages,

Déjà je vois fuir les orages....
Éole enchaîne les Autans.
En vain de leurs grottes profondes,
Ils veulent renverser les mondes,
Tous leurs efforts sont impuissans.

Mes vœux sont exaucés : du sein de la lumière,
Soutenu d'Apollon, je plane sur la terre,
Étalant à mes yeux ses miracles divers.
Myrtes, fleurs de Paphos, neiges de Sibérie,
Abîmes, montagnes, déserts,
Vastes forêts, liquides plaines ;
Ensemble tant de grands domaines,
De beautés et d'horreurs réfléchis dans mes yeux,
N'offrent à mes regards qu'un tableau merveilleux.

Que j'aime à contempler ces fertiles campagnes,
De la commune mère étalant les bienfaits !
A voir ces torrens purs bondissant des montagnes
Pour répandre en tous lieux et la vie et le frais !
Les fleuves, les ruisseaux, serpentant dans les plaines,
Forment dans leurs replis les artères, les veines
D'où, par d'invisibles conduits,
L'eau subtile mais nourricière,
Circule du sein de la terre
Dans les branches, les fleurs, les feuilles et les fruits.

Je vois ces villes opulentes,
Ces châteaux orgueilleux, ces palais insolens
D'où des vœux criminels et des haines puissantes
Opposent des rigueurs à des vœux innocens.
C'est de là qu'en tous lieux se répand l'imposture,
    La terreur, la corruption,
Et que l'orgueil jaloux, la fière ambition,
Hautement, sans remords, outragent la nature,
Accusent la vertu, proscrivent la raison....

Mais des héros fameux dont la folle vaillance
    Couvrit la terre de soldats;
De tous ces conquérans dont la vaste puissance
Détruisit et fonda tant de vastes États,
    Où sont les monumens antiques,
    Ces palais, ces temples, ces cirques
    Qui semblaient affronter le temps?...
    Ils ont disparu de la terre,
    Comme un nuage de poussière
        Qu'ont dispersé les vents!

Et vous, sables d'Égypte et sables d'Arabie!
    Où sont ces sages, ces savans,
    Ces peuples et ces rois puissans
Qui surent illustrer et l'Afrique et l'Asie?
Parlez, déserts? où sont ces générations

Qui crurent follement de se rendre immortelles ?
Vénérables témoins des révolutions,
Quelques débris des arts, de leurs voix solennelles,
Ont seulement appris à des races nouvelles
Qu'en ces lieux où n'est rien furent des nations.

Oui, ces lieux qu'animait la trompette éclatante,
Les combats et les jeux de cent peuples divers,
Des villes, des moissons, des danses, des concerts,
N'offrent plus du néant qu'une image effrayante.
Le silence, la mort règnent seuls dans ces lieux.
Le temps, toujours oisif dans ces déserts poudreux,
Ne marque plus ses pas par d'illustres ravages;
Et sur tant de tombeaux, de palais renversés,
        Des siècles nombreux entassés
        N'ont plus des époques, des âges.

        Quel spectacle vient m'étonner !....
Dans les flancs de ces monts, orgueilleuses barrières
        Des mers que je vois bouillonner,
        Ont éclaté mille tonnerres !....
La terre au loin bondit !.... Une épaisse vapeur
S'élève, se répand et promène l'horreur !...
Lancés vers le soleil, les débris des montagnes,
Des sables, des rochers, des cendres et des feux,

Confondus dans les airs, au-dessus des campagnes,
Menacent à la fois et la terre et les cieux!....

Mais déjà ces débris, jouets de la nature,
Répandus, entassés sur des champs, des hameaux,
Sur de vastes cités, devenus des tombeaux,
Ont pris dans leur désordre un corps, une figure;
Et des monts, et des lacs, et des fleuves nouveaux
A mes yeux étonnés sont sortis du chaos.
Ce tableau de la terre en sa première enfance,
Cet horrible désert, ce monde encor naissant,
Semble attendre du ciel des germes d'abondance
Et d'habitans nouveaux réclamer le présent [1].

Mais le flambeau des cieux étendant son empire
        Sur l'immense miroir des mers,
M'offre un tableau plus vaste où tour à tour j'admire
        Mille tableaux divers!
        Des villes, de riches campagnes,
Des volcans enflammés, des forêts, des montagues
        Sortent épars du sein des eaux.
        Ces îles dans les mers profondes
        Paraissent nager sur les ondes
        Et commander aux flots.

[1] Voir les notes à la fin de l'ode.

Dieux ! quels sont ces rochers dont la cime orgueilleuse
Semble sortir des mers pour s'allier aux cieux !...
Je vois la Gloire en deuil, mais toujours radieuse,
Qui traverse les mers et vole vers ces lieux !....
Sur un tombeau désert elle plane immobile !....
Quel trouble me saisit !.... Je reconnais cette île
Où mourut ce héros de tant de rois vainqueur !
Alors qu'il fut puissant j'accusai son empire :
Ne pourrais-je, aujourd'hui, quand le monde l'admire,
Payer à sa mémoire un tribut de douleur ?

Songeait-il, quand toujours vainqueur et redoutable
Il régnait sur des rois et des peuples divers :
Quand l'Europe à ses vœux soumise et favorable
Le laissait aspirer à régir l'univers :
Songeait-il que bientôt, dans un triste veuvage,
Il n'aurait que le droit, dans une île sauvage,
De marquer son tombeau², qu'on ravit à nos vœux³ ?...
Mais qu'importe à sa gloire un reste de poussière !
Son nom vivra long-temps pour étonner la terre,
Et servir de leçon aux conquérans fameux !...

Mais j'entends vers le nord de sourds mugissemens !....
Deux fleuves suspendus à des rochers pendans,
Forment par leurs vapeurs, sur des eaux jaillissantes,
Des faisceaux d'arcs-en-ciel semés de diamans !...

Le fier Niagara, sur des roches tremblantes,
En deux bras arrondis, colonnes effrayantes,
    Tombe, rebondit mugissant :
Du chaos de l'abîme une humide poussière
S'élève, se condense et s'étend sur la terre
    En brouillard toujours renaissant [4].

Vers cette mer que borde une glace éternelle,
    Où d'intrépides voyageurs
Ont cherché vainement à travers tant d'horreurs
D'ouvrir à l'avarice une route nouvelle [5],
    Par quelles affreuses beautés
Mes regards affaiblis sont encore arrêtés ?...
Des glaçons entassés, montagnes rayonnantes,
Promènent dans les mers leurs masses imposantes ;
Et le froid qui soutient et qui forma ces corps,
Des rayons du soleil affronte les efforts.

    Mais laissons ces tristes rivages.
Reposez-vous, mes yeux, sur ces bords enchanteurs
Où, du monde ignoré, tant d'innocens sauvages
    Sont riches de fruits et de fleurs.
    Je vois leurs transports d'allégresse ;
La santé, le bonheur et le plaisir les suit :
    Tandis qu'au sein de la mollesse,
Aux portes du palais où la faim le conduit,

Je vois, dans nos cités, le malheur en prière,
Mendier tristement ce que donne la terre
    A l'opulent qui l'envahit.

    Reprends, ô Terre trop prodigue !
    Reprends tes précieux métaux !
    Moteurs du crime et de l'intrigue,
    Ils sont la cause de nos maux !...
    Mais tu voulus punir l'audace
    Des humains qui, sur ta surface,
    Jouissant de tant de bienfaits,
Déchirant sans remords tes entrailles profondes,
Osèrent dans ton sein, et jusqu'au fond des ondes,
    Porter leurs vœux et leurs forfaits.

Les empires divers, les villes, leurs merveilles,
Ainsi que les moissons sortirent de ton sein.
    Ici tu vis, là tu sommeilles ;
    Tu donnes, tu reprends ton bien ;
Et si dans les déserts, Terre, tu dors encore,
C'est que mille ans pour toi sont bien moins qu'une aurore.
    Et que le dieu qui te soutient
    Ordonne de tristes ravages
    Afin de rappeler aux sages
Que hors l'éternité tout le reste n'est rien.

NOTES

DE L'ODE PRÉCÉDENTE.

——

[1] « Lorsque les tremblemens de terre sont violens, dit Val-
» mont de Bomare, les montagnes s'ouvrent avec un bruit
» effroyable, l'on dirait d'un tonnerre souterrain des plus
» épouvantables... Les matières enflammées en sortent avec fu-
» reur, et lancent au loin les rochers, les pierres, les métaux
» et les autres corps qui étaient enfermés dans leur sein....
» Quelquefois les secousses engloutissent des montagnes ;
» quelquefois de vastes plaines sont hérissées de rochers....
» Sous Tibère, treize villes considérables de l'Asie furent
» totalement détruites, et un peuple immense fut enseveli
» sous leurs ruines.... Les moindres effets des tremblemens
» de terre et de l'éruption des volcans, sont la suspension
» ou l'altération de quelques rivières et la formation de
» nouvelles sources. » (*Dictionn. d'Hist. nat.*)

[2] On sait que Napoléon marqua lui-même, dans l'île
Sainte-Hélène, la place de son tombeau.

[3] On se rappelle que notre Roi, digne appréciateur des

nobles sentimens, ayant appris que M. le lieutenant-géné-
ral comte Rapp, avait paru vivement affecté et avait même
répandu des larmes à la nouvelle de la mort de Napoléon,
daigna lui dire *que loin de blâmer cette sensibilité, il y voyait
une nouvelle preuve de sa fidélité.* (Voir les journaux de cette
époque.)

Ceux-là seuls qui n'ont point apprécié la noblesse et la
générosité du langage de S. M., pourront incriminer ou
blâmer le vœu que j'exprime.

4 Voici un extrait de la description que donne M. de
Châteaubriand, dans son *Génie du Christianisme*, de cette
fameuse cataracte du Niagara, dans l'Amérique septentrio-
nale, au Canada.

« Nous arrivâmes bientôt au bord de la cataracte, qui s'an-
» nonçait par d'affreux mugissemens. Elle est formée par la
» rivière Niagara.... Sa hauteur perpendiculaire est de cent
» quarante-quatre pieds.... La cataracte se divise en deux
» branches et se courbe en fer à cheval. Entre les deux chutes
» s'avance une île qui pend sur le chaos des ondes. La masse
» du fleuve qui se précipite au midi s'arrondit en vaste cy-
» lindre et brille au soleil de toutes les couleurs.... Mille
» arcs-en-ciel se courbent et se croisent sur l'abîme : l'onde
» frappe le roc ébranlé, rejaillit en tourbillons d'écume qui
» s'élèvent au-dessus des forêts, comme les fumées d'un vaste
» embrasement. »

5 On sait qu'il a été vainement jusqu'ici cherché un
passage par la mer Glaciale, pour aller à la Chine et au
Japon.

LE LABOUREUR, LES GRENOUILLES
ET LE BŒUF.

FABLE.

—

Un jour, dans la saison plus dure,
Un bœuf, profond penseur, sobre, laborieux,
Sur les bords d'un marais, parmi des joncs boueux,
    Cherchant tristement sa pâture,
Accusait en ces mots son maître paresseux :
— Quel dommage que Luc laisse cette eau bourbeuse
Maîtresse d'un terrain où peut croître le foin !
    Ne peut-il, sans beaucoup de soin,
    Dans la plaine marécageuse,
    Creuser des fossés, des canaux ?
Dessécher promptement ce marais inutile,
Y semer du fourrage, en faire un pré fertile ?
Et bientôt, plus heureux, pour prix de ses travaux,
    Y voir prospérer ses troupeaux ?

— Oui, le bœuf a raison; son avis est fort sage,
Dit le maître du lac, qui tout près du rivage,
    Couché sous un buisson touffu,
S'éveillant en sursaut, avait tout entendu.
    Je puis avoir plus de fourrage :
Partant, plus de poulains, de génisses, d'agneaux;
    Je pourrai vendre plus de veaux,
    Plus de beurre, plus de fromage;
Réparer ma maison, remonter mon ménage;
    Faire élever tous mes enfans;
    Peut-être en faire des savans,
    Des magistrats, des conquérans!
Vive les prés fleuris! chassons l'eau croupissante!
Il dit; dans le marais se répand l'épouvante.
Quand la peste, la guerre éclate en un pays,
On entend moins de pleurs, on entend moins de cris.
    Famille grenouille est bruyante,
Poltrone s'il en fût! Tout le monde connaît
La frayeur qu'autrefois un lièvre qui fuyait
    Fit à cette gent aquatique [1].
Mais ici sa frayeur n'a rien qui soit panique :
Le danger est certain. Au plus profond des eaux
Grenouilles de s'enfuir, et puis dans les roseaux
D'assembler le conseil; là chacune propose :

[1] Voir la fable de Lafontaine : *le Lièvre et les Grenouilles.*

On discute, on résume ; et, la séance close,
La reine du marais, mettant le nez au vent,
Adresse au laboureur ce discours éloquent :
— Pourriez-vous immoler à de chétives herbes
Tous ces joncs vigoureux et ces roseaux superbes ?
Et pour désaffamer les plus vils animaux,
Épuiser ce bassin, sacrifier ces eaux
Où se peignent du ciel les plus grandes merveilles ?
      Hélas ! privés de nos concerts,
Ces lieux ne seront plus que de tristes déserts !
La harangue du bœuf a frappé nos oreilles....
Un coupable intérêt a dicté son discours.
— Oui, répond maître Luc, c'est ainsi que toujours
      Chacun raisonne sur la terre.
Vous, ainsi que le bœuf, dans un avis contraire
Cherchez votre profit. On ne me trompe point ;
      Et le tout mis dans la balance,
      Je dois sur l'un et l'autre point
      Établir cette différence
Que le bœuf m'a donné de si bonnes raisons,
Qu'il serait insensé de ne pas m'y soumettre ;
Et que si par malheur je vous prenais pour maître,
On devrait m'envoyer aux petites maisons.

Sur ses besoins, ses goûts, et suivant qu'il calcule,
Chacun donne un avis et s'érige en tribun.

Tous les partis, sans doute, ont cela de commun :
Mais l'un a la raison, d'autres un ridicule,
En cela seulement on distingue chacun.

    Proposez la réforme utile
    D'abus qu'on pourrait corriger,
    Vous verrez des hommes par mille,
Trouver dans vos conseils un forfait, un danger.
    L'abus, pour quiconque en profite,
    Je le sais, a plus d'un mérite ;
    Et si grenouilles de nos jours
    Eussent entendu le discours
    Du bœuf conseiller débonnaire,
Elles l'eussent traité, pour avoir du secours,
    De bœuf *révolutionnaire*.

LE TALISMAN.

CONTE.

—

Aux plus beaux jours de la magie,
Un roi qui dans l'histoire a le nom de Sosman,
Retrouva certain talisman
Perdu par ses aïeux dans une léthargie.
La vertu du bijou fut étrange, inouïe,
Qu'on en juge par ses effets :
Quand Sosman l'eut trouvé, sitôt de ses sujets
La *classe* fainéante et la plus inutile,
Partant la plus à charge à la cour, à la ville,
La plus faible en un mot, la *classe* qui partout
Ne produit rien, exige tout;
Qui végétait alors tristement sur la terre,
Souvent en proie à la misère,
Fruit d'orgueilleuse oisiveté,
Redevint aussitôt, par vertu singulière
Du talisman ressuscité,

Classe de protégés, *classe* riche et puissante,
Sans cesser d'être fainéante :
Aussi de s'écrier, arborant maint ruban :
Vive le roi Sosman !

Mais un cousin du roi, qui s'appelait Barthôme,
Du talisman royal, défendu faiblement,
S'empare illégitimement,
Et la *classe* orgueilleuse, en son contentement,
Avec le talisman conservant la puissance,
Ne se rappelant plus les droits de la naissance
Du malheureux Sosman exclu impunément,
De crier en chorus, en tous lieux du royaume :
Vive le roi Barthôme !

Puis enfin, certain jour, un Maure, dit Mamouth,
Despote par état, par goût,
Étant du despotisme admis maître en Turquie,
Du bijou se saisit, et puis, dans sa furie,
Met Barthôme et les siens bien loin hors de partie;
Garde le talisman, rien que ça, détruit tout,
Et fainéans eux seuls admis à la puissance,
D'ordonner aussitôt grande réjouissance,
Et, plus fort que jamais, de s'écrier partout :
Vive le roi Mamouth !

C'est dans un point d'orgueil, dans leur prospérité,
Dans la succession d'une faveur injuste,
Plutôt que dans le droit de tous le plus auguste,
Qu'est, pour certaines gens, la *légitimité*.

~~~~~~

LA GALE ET LE GALEUX.

FABLE.

—

Un galeux se grattait,
La Gale se plaignait :
Cette dame est fort susceptible.
— Comment ! dit-elle, c'est horrible !
Me pincer et me déchirer !
Ne point me laisser respirer !...
Puisque sur votre corps Dieu m'a donné naissance,
Il faut bien que j'y vive ; et c'est impertinence,
Attentat, sacrilége affreux
Que d'y persécuter une fille des cieux !
— Mais, répond le galeux,
Ce Dieu qui vous donna la vie ;
Qui, dans sa profondeur, sa grandeur infinie,

A tout ordonné, tout prévu,
Aussi pour me gratter d'ongles m'a bien pourvu.
Pourquoi donc tant crier alors qu'on vous excède ?
Dieu qui donne le mal, donne aussi le remède.

~~~~~~

COLAS ET BERTRAND.

CONTE MORAL.

—

Colas, le malotru, plus ours qu'il ne fut homme,
Et non moins entêté qu'une bête de somme,
Eut de Catin, sa femme, un garçon qui n'eut pas
Un trait, pas un seul trait de son père Colas.
Ce fils, devenu grand, gaîment fut à la guerre.
Il revint glorieux, portant dans sa chaumière,
Où régnait l'indigence et les vieilles erreurs,
      Du savoir, de nouvelles mœurs.
Mais son père, farci de maximes antiques,
Ami des vieux refrains et des vieilles reliques,
Se mettant en fureur, s'armant contre son fils,
Voulut qu'il oubliât ce qu'il avait appris.
Mais Bertrand (c'est le nom du garçon que le rustre

Veut refondre à son moule ainsi qu'on fond un lustre),
Bertrand a vu le monde, et Bertrand n'est plus ours;
Et d'ailleurs, au maillot, l'enfant montra toujours
Des penchans plus humains que Colas sondit père.
Il compare, il raisonne, et par ce qu'il apprit,
Il cherche à s'affranchir de cet état maudit,
  Où, dans la honte et la misère,
Colas, près de la brute, a suivi sa carrière.
On sent bien que Bertrand ne croit pas un seul mot
De ce que dit Colas pour le rendre idiot.
On peut de ses auteurs respecter la mémoire
Sans les suivre en aveugle, et sans follement croire
Qu'il n'est d'autres chemins que ceux qu'ils ont battus.
Eux-mêmes n'ont-ils pas montré d'autres vertus
Que leurs tristes aïeux, qui, dans la barbarie,
Dans le crime et les fers avaient traîné leur vie?
Pourquoi donc de l'esprit les merveilleux ressorts,
Si nous vivions, toujours enchaînés par les morts?
Non, l'homme n'est pas fait pour rester immobile.
Ainsi que l'hirondelle, a-t-il toujours d'argile
Maçonné son berceau sans varier son art?
Et les peuples naissans, ainsi que les abeilles,
Se sont-ils arrêtés aux premières merveilles?
L'homme a plus que l'instinct, la raison fut sa part.
Vers la perfection, ou vers un mieux possible
Nous conduit lentement un pouvoir invincible.

      13.

Vers ce but éloigné, dans un chemin étroit,
Chaque âge fait un pas, et s'arrête à l'endroit
Où la race qui suit commence sa carrière.
Mais parlons de Colas, qui se met en colère
Contre son fils Bertrand, actif, industrieux,
Qui veut consolider, embellir de son mieux,
Le sauvage manoir, le réduit ténébreux,
Dont Colas, entiché, vante l'architecture.
— Comment, lui dit Bertrand, cette retraite obscure,
Ces sombres ramassis, ces décombres poudreux,
        Peuvent-ils séduire vos yeux?
Et ne voyez-vous pas que sa base incertaine
Menace ce taudis d'une chute prochaine?
Ne peut-on pas changer ce poudreux soliveau,
Reconstruire ce mur, mettre tout de niveau?
— Non! non! répond Colas d'un voix furibonde,
Ma maison peut durer tout autant que le monde!
Je n'aime pas le neuf; je l'ai prouvé cent fois!
Et d'ailleurs fait-on rien aussi bien qu'autrefois?
Bertrand veut raisonner, et Colas, en colère,
Frappant contre le mur, fait tomber une pierre;
Bientôt une seconde, une troisième suit;
        Le mur chancelle, avec grand bruit
Il s'écroule. Bertrand court et sauve son père,
Et dès le lendemain il travaille à refaire,
Sur un autre modèle et d'autres fondemens,

ue maison plus sûre, avec plus d'agrémens,
à Colas, revenu d'un préjugé blâmable,
ula paisiblement une vieillesse aimable,
Confessant, chaque jour, qu'un penchant malheureux
Attache aux préjugés un pouvoir dangereux.

~~~~~~

LE LION, LE SINGE ET LE CHIEN.

FABLE.

—

Un singe s'en alla, dit un historien,
  Au lion dénoncer le chien
  D'avoir, en mainte circonstance,
Des troupeaux malheureux embrassé la défense.
Le singe courtisan se flattait par ce tour,
  Au lion de faire sa cour;
  Car ce fut ainsi que ses pères,
Je veux dire en flattant les rois de cent manières,
Eu avaient obtenu titres et ministères,
  Et même pour tous ses enfans
  Honneurs et postes importans.
Notre singe en avait un fort bon près du trône;
Mais il le veut meilleur, et cela ne m'étonne:
  Le mieux est l'ennemi du bien
Est pour lui faux proverbe, et n'y veut croire en rien;
Et d'ailleurs il craignait, et ce n'était folie,

Qu'à force d'aboyer contre l'escroquerie
Des animaux pervers, le chien ne réussit
A rogner tôt ou tard le scandaleux profit
Qu'il faisait à la cour jouant la comédie :
Car tout singe, on le sait, y fit toute sa vie
Ce métier ennobli, par les sujets toujours
Payé fort chèrement, quoiqu'ils n'aiment ces tours
Sans cesse répétés avec effronterie.

Prenant donc bien son temps pour approcher du roi,
Notre singe lui dit : — Sire, pardonnez-moi
Si je viens en ce jour fatiguer votre tête
De soins plus importuns que les soins d'une fête.
Il s'agit de l'État. Je sais que sur ce point
Les singes, mes aïeux, ne vous fatiguaient point,
Et je n'aurais osé sur pareille matière,
Sire, vous ennuyer quand je dois vous distraire,
Si le cas n'était grave et ne touchait de près
De vos anciens amis les plus chers intérêts.
Le chien, cet animal de bourgeoise franchise,
Connaissant peu son monde et faisant la sottise
D'aimer plus vos sujets que dignités, qu'emplois,
Critique vos seigneurs, vos ministres, leurs lois ;
Il signale aux troupeaux les plus beaux tours d'adresse
Que l'on fait au profit de la grande noblesse,
Contre prétendus droits de ces vils animaux,

Tous faits pour nous fournir et leur chair et leurs os,
Et qui, par maître chien harangués de la sorte,
Voudraient de chez le roi nous voir mettre à la porte.
L'État.... — C'en est assez! Qu'on me fasse venir
Ce chien *séditieux* conduit sous bonne escorte,
Dit le roi des forêts, et sans laisser finir
Le singe, qui, déjà savourant le plaisir
De regarder Azor à la broche rôtir,
De faire de sa peau joli tambour de danse,
Vite s'en va donner ordres en conséquence.

Bientôt notre aboyeur, trop innocent pour fuir,
Escorté, muselé, vers le lion s'avance :
Non pas comme un mâtin que l'on aurait surpris
Dévorant son berger, ou mouton, ou brebis,
Mais l'oreille levée, avec cette assurance,
    Ce respect, ce noble maintien
Dignes des qualités qui distinguent le chien
Qui, veillant dans la nuit pour défendre son maître,
Ne saurait redouter qu'on le veuille punir ;
Même se fait honneur, loin de se croire un traître,
De l'avoir par ses cris empêché de dormir,
Lorque loups et renards et voleurs, à toute heure,
Pour dévorer, piller, entourent sa demeure.

Le lion généreux se mettant, cette fois,

Dans une bien noble colère,
Dit au chien : — Malheureux ! comment avez pu faire
Discours si criminels aux hôtes de mes bois ?
Aboyer aux seigneurs, à mes fonctionnaires !
Aux loups, singes, renards, à mes grands dignitaires !
Oui, vraiment, ces discours sont fort séditieux
Et méritent au moins qu'on vous crève les yeux....
Mais vous les avez bons, et ce serait dommage
　　De me priver de leur usage.
Le singe conseiller qui vous a dénoncé,
De perdre les deux siens se trouve menacé ;
Il les a fort petits ; jamais il n'y vit guère ;
　　Toujours il craignit la lumière,
Et pourtant il me faut aujourd'hui des agens
Amis de mes troupeaux, aboyeurs clairvoyans.
Du singe donc ici vous remplirez la place ;
Contre mes ennemis, quelle qu'en soit la race,
Vous aboirez toujours : j'entends mes ennemis
Tous ceux qu'à mes sermens vous verrez insoumis,
Et qui, ne voyant qu'eux, ont l'étrange folie
De croire qu'en eux seuls est le roi, la patrie ;
Qui veulent s'engraisser aux dépens des troupeaux,
Et soulèvent ainsi les autres animaux.

Le singe, fort surpris de pareille sentence,
Car il avait compté sur nouvelle faveur,

S'en alla loin de là murmurer, comme on pense,
Abandonnant au chien, clairvoyant aboyeur,
De conseiller du roi le profit et l'honneur.

C'est d'après ses agens que l'on juge du maître :
Ce lion généreux le savait bien connaître.
Les peuples aujourd'hui distinguent leurs amis :
Qu'on les nomme aux emplois, ils leur seront soumis;
Et le prince, toujours aimé, béni, tranquille,
Sera toujours puissant, fût-il même inhabile.
Au contraire, un monarque eût-il le plus grand cœur,
Pures intentions, bientôt, dans sa faiblesse,
Il sera détesté s'il donne la faveur
    A détestable espèce;
Sur son trône fragile il sera chancelant,
Et délaissé, trahi dans un danger pressant.

    Je dois encor de cette fable
      Tirer cet avis remarquable,
Que tout roi bienfaisant, plein de sa dignité,
Récompense, ou, du moins, souffre la vérité.

~~~~~~

COMMENT NE PAS TOUJOURS AIMER !

ROMANCE.

—

Oui, j'en ai fait l'expérience,
Avant de compter ses quinze ans,
On se sent de l'indifférence
Pour les ris, les jeux innocens.
Bientôt dans nos âmes sensibles
Nous sentons l'amour s'allumer :
Ses charmes sont irrésistibles,
Comment pouvoir ne pas aimer !

Dès ce moment, dans la nature
Tout nous paraît plus ravissant ;
Dessous un berceau de verdure,
Le gazon est plus attrayant.
Des oiseaux l'amoureuse ivresse
Sait alors bien mieux nous charmer ;
Quand tout inspire la tendresse,
Comment pouvoir ne pas aimer !

14

Du joug d'un préjugé sévère
Nous nous délivrons en ce jour.
Nous nous disons : Tout sur la terre
Agit, respire par l'amour;
C'est en vain qu'on veut fuir sa flamme,
C'est à tort qu'on veut la blâmer ;
Car si l'amour est dans notre âme,
Comment pouvoir ne pas aimer !

Bientôt à nos yeux s'offre Amynthe,
Nous en admirons les attraits;
Aussitôt notre âme est atteinte
De mille feux, de mille traits.
Contre ses grâces et ses charmes
C'est en vain qu'on voudrait s'armer :
Ses regards seuls brisent nos armes,
Comment pouvoir ne pas l'aimer !

Sa rigueur, son indifférence
A mis le trouble en notre cœur;
Mais en amour douce espérance
Soutient une timide ardeur.
Puis fille n'est toujours cruelle;
On parvient à la désarmer :
Car alors qu'amant est fidelle,
Comment pouvoir ne pas l'aimer !

On jure de s'aimer sans cesse,
On se boude le lendemain :
Bientôt c'est nouvelle tendresse
Où l'amour ne perd jamais rien ;
Puis l'amitié qui le remplace
Mieux que l'amour sait nous charmer :
Ce sentiment, rien ne l'efface,
Comment ne pas toujours aimer !

LA FAUVETTE, LA SERINE ET LA PIE.

FABLE.

—

La fauvette, dans un bocage,
Faisait entendre son ramage,
Et quelques oiseaux d'alentour
Écoutaient ses accens d'amour.
Elle cesse, elle part. La colombe sensible
De la fauvette alors vante le chant flexible ;
En fait ressortir tous les traits,
Les accens plus touchans, les accords plus parfaits.
— Oui, répondit la pie :
Elle est plaisante, notre amie,
Avec ses soupirs, ses transports,
Ses roulades et ses accords....
— Je vous entends, dit la serine :
N'osant critiquer ma cousine,
Vous voulez, sans vous exposer,
La ridiculiser.

PENSÉE.

Avec quels transports, quel délire,
Dorimond décrépit, goutteux,
Revoit le cacochyme Alcire,
L'ami de son printemps, l'émule de ses jeux !
Mais de son amitié ce signe est infidelle :
Hélas ! Dorimond n'aime plus !
Les souvenirs joyeux, qu'Alcire lui rappelle,
Raniment ses sens abattus.

LE BERGER ET LE MERLE.

FABLE.

Un soir de printemps, sous un hêtre,
Un berger, ami des chansons,
Abandonnant aux dieux le soin de ses moutons,
Essayait un refrain champêtre.
Notez bien : mon berger n'est pas un Coridon,
Un Tircis, un dieu faune, encor moins Apollon ;
En un mot, ce n'est pas un berger de la fable ;
Mais un pâtre des temps nouveaux,
Sentant l'oignon et chantant faux.
Un soir donc que le misérable,
J'entends le berger sans soucis,
Car misère et gaîté sont fort souvent amis ;
Un soir, dis-je, qu'à l'ombre et fraîchement assis
Sur un rocher mousseux, qui lui servait de chaise,
Mon pâtre détonnait et braillait à son aise,
Un Merle, à ses chansons, ou plutôt à ses cris,

A mainte et mainte discordance,
Répondit, perdant patience,
        Par un sifflet
        Qui rend muet
Le chanteur à l'aigre cadence....
Mon pâtre est interdit; mais bientôt n'ayant plus
L'incommode siffleur qui l'a rendu confus,
        Il recommence de plus belle;
Et, sur un ton plus haut, chantait sa ritournelle,
        Quand encor un sifflet
        Vous l'arrête net....
Mais cette fois rieurs au loin se font entendre;
Et le pâtre en courroux, élevant son bâton,
De dire gravement : — Quel est le fanfaron
Qui me siffle, m'affronte et prétend me reprendre?
Puis, portant ses regards sur un buisson fleuri,
Qui du ruisseau voisin décorait le rivage,
Il vit, à quelques pas, notre merle étourdi
        Perché sur le feuillage :
— C'est toi! dit le berger : et vite sur l'oiseau
        Il fondit avec rage;
Mais le merle léger sur un autre rameau
D'aller en sûreté siffler le personnage,
        Qui trouve dans un badinage
Une affaire d'honneur, un affaire d'État.
        Et comme il fait un grand sabbat,

En poursuivant l'oiseau de rivage en rivage,
  Tous les merles du voisinage,
Et les rieurs aussi, s'attroupent; et voyant
Contre un oiseau chétif un homme guerroyant,
  Ils trouvent la chose comique;
  Et, poussés par les curieux,
Cent merles en chorus sifflent à qui mieux mieux.
Oh! pour le coup, Guillot, d'humeur fort colérique,
Se bat, frappe des pieds, et, laissant la musique
Et ses troupeaux épars exposés aux rigueurs
  Des loups et des voleurs,
Se met dans les forêts à suivre les siffleurs.
Mais quel fut le succès de sa piteuse chasse?
  Hélas! après mainte disgrâce,
Après plus d'un faux pas, après plusieurs affronts,
Il prit, dit-on, un merle, et perdit vingt moutons.

    Quelques jours après cette affaire,
    Guillot, ne songeant déjà plus
    Aux vingt moutons qu'il a perdus,
    Revint dans ce bois solitaire,
Et, sous le même hêtre, il se mit à chanter.
Et cette fois encor l'oiseau plein de malice,
    Qui ne songea point à quitter
Ce rivage charmant, à ses amours propice,
    De siffler le berger

Pour le faire enrager.

Déjà mille rieurs, apostés sur les branches,

Se promettaient de rire à se tenir les hanches,

Bien entendu toujours aux dépens de Guillot;

    Mais Guillot, devenu plus sage,

    Voit du coin de l'œil le complot;

    Et, se rappelant le dommage

    Qui lui revint d'avoir suivi,

A travers les écueils, les ronces du bocage,

    Un si faible ennemi,

Fait le sourd, reste calme, et poursuit sa romance.

Le merle a beau siffler, voltiger en présence

    Du pâtre qu'il veut agacer;

    Celui-ci, sans s'embarrasser

    D'un oiseau qui ne peut lui nuire,

    Suit le recueil de ses chansons;

Parvient même à la fin, instruit par la satire,

A suivre la mesure, à radoucir ses sons;

    Et les rieurs des environs

Voyant le merle en vain siffler, dire et redire;

    Et le pâtre vainqueur

    Fatiguer le siffleur,

Comme ils se l'ont promis, ils se mettent à rire;

    Mais ce fut, cette fois,

    Aux dépens du merle aux abois.

Hommes qui gouvernez, hommes trop susceptibles,
A l'égard des siffleurs restez toujours paisibles ;
        Mais, comme mon berger,
Tout en faisant les sourds sachez vous corriger.

L'ANE, LE CHIEN ET LEUR MAITRE.

FABLE.

—

Un baudet encor vigoureux
   Était devenu chatouilleux;
Et quand maître Simon lui voulait sur l'échine
Appliquer certain bât, l'âne, à cette machine
     Qui jadis sur son cuir
De tourmens et d'affronts grava le souvenir,
    Opposait des gambades,
    Des bonds et des ruades,
   Dont Simon, tout déconcerté,
   Fut quelquefois épouvanté.
Là-dessus, certain jour, un chien sans loyauté,
   Et qui, sans servir le ménage,
Partageait de Simon le lit et le potage,
S'écria furieux : — Eh quoi ! notre baudet
   Se révolte contre son maître !
   Allons ! que pour pendre le traître

Vite ou dresse un gibet!
— Halte-là! répondit l'animal aux ruades;
Je ne suis pas méchant, moi ni mes camarades :
Qu'on ne nous bâte point; qu'on nous laisse les droi
      Que jadis dans les bois,
      Paissant à l'aventure,
     Nous reçûmes de la nature;
      Ou que, dans le logis,
      L'on nous traite en amis,
Et chacun, comme Azor, sera doux et traitable :
Mais flatter qui nous bâte est-ce chose faisable?
Eh! que dirait Simon si quelque magistrat,
Ou quelque grand seigneur lui voulait mettre un bât?
Toi même, grand prêcheur, et qui fais l'intrépide,
Quels cris ne fis-tu point, et quel fameux sabbat,
      Quand naguère certain goujat
      Voulut t'essayer une bride.

      Obéissez passivement,
     Nous dit-on fort insolemment.
Ce rôle est fort aisé pour qui n'a rien à faire
Que d'aboyer aux gens pour un fort bon salaire.

LE CHEVAL, L'ÉLÉPHANT ET LE CERF.

FABLE.

Le cheval et le cerf eurent un différend :
L'éléphant fut choisi pour juger leurs querelles.
    Le cerf donne à son concurrent
    Des raisons, des preuves fidelles.
    Chacun à l'entour l'applaudit;
    Mais sur certain point contredit
Le cerf argumentait avec grand avantage,
Quand le cheval de dire :— Il te sied bien, vraiment,
De faire de l'esprit et des fleurs d'éloquence!...
Crois-tu, sot animal, qu'à ton raisonnement
Les fourches de ton front donnent de l'importance?...
Crois-moi, va te cacher, vil porteur de potence,
    La honte, le deuil des forêts,
Indigne de crédit, indigne de succès...—
L'éléphant à ces mots, sans autre témoignage,
Condamna le cheval aux dépens, au dommage;

Et je crois qu'il jugea l'affaire comme un dieu :
    Car l'injure n'est qu'un aveu
    Et d'injustice et d'impuissance.
Écrivains forcenés, lisez cette sentence.

SUR UN INTRIGANT.

—

EDMOND est l'égoïsme même,
Edmond ne fait rien que pour lui;
Cependant son zèle est extrême
A vanter les vertus d'autrui.
Du prochain il prend la défense;
Il nous caresse, il nous encense;
De ses bontés on est surpris,
Mais bientôt on cesse de l'être
Quand on sait qu'Edmond est un traître
Qui spécule sur les amis.

TRADUCTION

DE QUATRE ODES ANACRÉONTIQUES

DE J. MELENDEZ VALDÈS.

~~~~~~

A DORILA.

—

¡ Como se van las horas
Y tras ellas los dias,
Y los alegres años
De nuestra fragil vida !

Luego la vejez viene,
La muerte se avecina
Con pálidos temblores
Aguándonos las dichas.

El cuerpo se entorpece,
Los ayes nos fatigan,
Nos huyen los placeres,
Y dexa la alegria.

Pues si esto nos espera,
¿ Para que, mi Dorila,

A DORILE.

—

Vois-tu comme s'en vont, Dorile !
De notre existence fragile,
Les heures que suivent les jours,
Et les ans des jeux, des amours !

Vois-tu comme vient la vieillesse,
La mort qui la suit, qui la presse,
Et ce cortége plein d'horreur
Marquant le terme du bonheur ?

De l'homme les sens s'affaiblissent,
Bientôt mille maux l'envahissent,
Et pour toujours les ris, les jeux,
S'en vont avec désirs heureux.

Puisque vers cet hiver horrible
Nous pousse un destin inflexible,

Son los floridos años
De nuestra fragil vida ?

Para inocentes gozos,
Y cantares, y risas,
Nos los diéron los cielos,
Las Gracias los destinan.

Pues ¡ ay ! ¿ que te detienes ?
Ven, ven, paloma mia,
Debaxo de estas parras
Do el céfiro suspira.

Y entre juegos suaves,
Y entre puras delicias
De la niñes gocemos,
Pues vuela tan aprisa.

Pourquoi de nos fragiles ans,
Dorile, serait le printemps?...

Oui, si les Dieux nous l'accordèrent
C'est que les Grâces le marquèrent
Pour servir aux jeux, aux plaisirs,
Aux chants, aux amoureux désirs.

Ainsi, qui te retient encore,
O toi, Dorile, que j'adore!
Viens! viens sous ces pampres heureux
Où règne un zéphyr amoureux!

Viens! dans les jeux et les délices
Contenter les plus doux caprices,
Et, puisqu'ils s'en vont nos beaux jours,
Sachons en embellir le cours!

DEL AMOR.

—

Pensaba *quando niño*
Que era tener amores
Vivir en mil delicias,
Morar entre los Dioses.

Mas luego rapazuelo
Dorila cautivome,
Muchacha de mis años,
Envidia de Dione.

Y alle desengañado
Que amor todo es trayciones,
Y guerras, y martirios,
Y penas, y dolores.

DE L'AMOUR.

—

Je pensais dans ma tendre enfance,
Que sentir transports amoureux,
Était divine jouissance
Qui nous plaçait au rang des dieux.

A peine j'entrais dans la vie,
Avec Dorile, mon amie,
Elle que jalouse Cypris,
Que dans ses filets je fus pris.

Aussi, je pus bientôt me dire,
Le charme fuyant de mon cœur,
Qu'en amour tout n'est que douleur,
Guerre, trahison et martyre.

DE MIS NINECES.

—

SIENDO yo niño tierno
Con la niña Dorila,
Me andaba por la selva
Cogiendo florecillas.

De que alegres guirnaldas
Con gracia peregrina,
Para ambos coronarnos,
Su mano disponia.

Asi en niñeses tales
De quejos y delicias
Pasdbamos félices
Las horas y los dias.

Con ellos poco á poco
La edad corrio de prisa,
Y fue de la inocencia
Saltando la malicia.

~~~~~~

DES JEUX DE MON ENFANCE.

—

Avec Dorile, encore enfans,
Hélas! je m'en souviens encore,
Nous allions dans les bois charmans,
Cueillir les présens de l'aurore.

Avec quelle grâce, quel art,
Dorile, en guirlandes agrestes,
Sur nos fronts encore sans fard,
Plaçait ces parures modestes.

Dans ces innocentes amours,
Dans ces jeux, ces enfantillages,
S'écoulaient doucement les jours
Du plus heureux de tous les âges.

Mais insensiblement le temps
De l'Amour devenu complice,
Dans les jeux naguère innocens,
Nous fit trouver mainte malice.

Yo no sé : mas al verno
Dorila se reia,
Y á mi de solo hablarla
Tambien me dabe risa.

Luégo al darle las flores
El pecho me latia,
Y al ella coronarme
Quedábase embebida.

Una tarde tras esto
Vimos dos tortolillas,
Que con tremúlos picos
Se halagaban amigas.

Alentónos su exemplo,
Y entre honestas caricias
Nos contamos turbados
Nuestras dulces fatigas.

Y en un punto, qual sombra
Voló de nuestra vista
La niñez; mas en torno
Nos dió el Amór sus dichas.

D'abord, et sans savoir pourquoi,
Saisis d'un aimable délire,
Nous regardant Dorile et moi,
Souvent nous nous prenions à rire.

Puis, quand lui donnais une fleur,
J'éprouvais un ardeur secrète :
Elle, en la plaçant sur mon cœur,
Restait interdite, muette.

Un soir, au milieu de nos jeux,
Sur un rameau, deux tourterelles
S'exprimaient sous l'ombrage heureux,
Des ardeurs toujours mutuelles.

Étonnés, émus, chancelans,
Bientôt leur exemple nous presse ;
Et de nos feux toujours croissans
Nous osons exprimer l'ivresse.

A l'instant, et bien loin de nous,
A jamais s'enfuit l'Innocence ;
Mais l'Amour sut, en récompense,
Nous combler de ses biens plus doux.

~~~~~~

DE DORILA.

—

Al *prado fué por flores*
La muchacha Dorila,
Alegre como el Mayo,
Como las Gracias linda.

Tornó llorando á casa
Turbada y pensativa,
Mal trenzado el cabello,
Y la color perdida.

Pregúntanla que tiene,
Y ella llora afligida;
Hablánla, no responde,
Riñénla, no replica.

¿ Pues que mal será el suyo ?
Las señales indican,
Que quando fué por flores
Perdió la que tenia.

DE DORILE.

—

Comme un printemps fraîche et riante,
Et belle comme les trois sœurs,
Dorile encor toute innocente,
Fut au pré ramasser des fleurs.

Mais las! elle revint chez elle
Et pensive et baissant les yeux;
Le désordre est dans ses cheveux,
Et la pâleur la rend moins belle.

On l'interroge, c'est en vain :
Dorile se tait, se désole;
Qu'on la gronde, ou qu'on la console,
De pleurs elle inonde son sein.

Quel est son mal, quelle est sa peine?
Pourquoi ces soupirs et ces pleurs?...
Tout prouve qu'en cherchant des fleurs
La bergère perdit la sienne.

16.

JUPITER ET LES ANIMAUX.

FABLE.

Jupiter voulant se distraire,
Un beau jour, laissa par hasard,
Tomber du haut des cieux sur un coin de la terre,
Un regard.
Il vit dans les forêts des troupeaux de pécores
Qui servaient de pâture aux races carnivores;
Et souvent un seul loup, dans un vaste pays
Décimer cent troupeaux de moutons, de brebis;
Enchaîner par la peur toute race innocente
Et seul vivre joyeux au sein de l'épouvante.
— Comment! dit Jupiter : je commis une erreur,
Alors que d'animaux je fis plusieurs espèces!
Qu'ont fait tant d'innocens dont je fis le malheur,
Pour être sous la dent de ces races traîtresses?
Tous habitans des mêmes bois,
Qu'ils soient tous sous les mêmes lois!
Et pour se garantir des races infernales,
Que tous les animaux aient des armes égales!

Il dit; de toutes parts, les animaux bêlans
Se trouvèrent pourvus de meurtrières dents;
Et leurs sabots fourchus, innocentes chaussures,
Bientôt armés de dards vengèrent les injures.
De sorte que partout les cruels animaux,
Ayant à redouter les armes des troupeaux,
Renoncèrent enfin au crime, à la rapine;
Et changeant aussitôt de mœurs et de doctrine,
On les vit dans les champs, se mêlant aux troupeaux,
Venir brouter ensemble auprès des clairs ruisseaux :
Car les moutons armés n'ayant plus rien à craindre,
Acceptèrent la paix. Ainsi l'on vit s'éteindre
      Haines, ressentimens, terreur;
Et bientôt tous joyeux, et, comme au premier âge,
Vivant tous bons amis, sans remords, sans frayeur,
      De gazon, de fruits, de feuillage,
      L'égalité fit leur bonheur;
Et ce qui pour Jupin ne fut qu'un badinage,
Fut aux yeux des troupeaux un bienfait des plus grands :
Aussi, sur ses autels fuma le pur encens,
Le plus pur dont jamais un dieu reçut l'hommage.

      La faiblesse engendre mépris;
      Et le mépris conduit au crime.
      Force égale produit l'estime;
      L'estime fait les bons amis.

~~~~~~

LES TROUPEAUX ET LES LOUPS.

FABLE,

Faisant suite à la précédente.

—

Quand le grand Jupiter touché de la misère,
Du servage cruel des animaux bélans,
  Leur donna des griffes, des dents
  Propres à soutenir la guerre,
  Hélas! ce bienfait tout divin
Aux troupeaux procréés ne fut héréditaire!
   Sans doute que Jupin,
  Alors qu'il porta sur ce grain
    De poussière
  Qu'habite la gent moutonnière,
  Un regard de compassion,
Au cruel avenir de cette nation
  Le dieu fit peu d'attention :
  Car tous les agneaux qui naquirent

Des mêmes races qui vainquirent
Les renards et les loups, furent tous dépourvus
   De griffes et de dents canines :
    Aussi, les races assassines,
    Craignant peu les nouveaux venus,
Les méprisent d'abord ; et puis, ne veulent plus
Vivre d'herbes, de fruits, de feuilles, de racines ;
Et se ressouvenant des repas qu'autrefois
   Leurs aïeux faisaient dans les bois,
A ce penser, bientôt, on les vit, avec rage,
Déchirer les traités, abjurer les sermens
Qui les avaient unis aux animaux bêlans ;
Et partout des troupeaux faire horrible carnage,
   Nous laissant cette vérité,
   Que là commence l'esclavage
   Où disparaît l'égalité.

PROMENADE CHAMPÊTRE.

—

On aime, au retour du printemps,
Quand on quitte la ville et l'on parcourt les champs,
A voir, près d'un vieux chêne,
Une claire fontaine
Qu'entourent des peupliers charmans ;
Et puis, d'une marche incertaine,
Suivant un chemin tortueux,
On se plaît, en quittant la plaine,
A fouler doucement, sous un rocher affreux,
Sauvage, privé de parure,
Un gazon et des fleurs qu'un massif de verdure
A rendus confidens des bergers amoureux.
Quel charme ! quand un doux murmure
Appelant nos regards sur le prochain coteau,
Nous voyons un ruisseau,
En cascade bruyante,
Sur la roche humide et tremblante,
Tomber et rejaillir !

Se cacher sous d'épais feuillages,
Se montrer, se hâter de fuir!
Et puis, déjà loin des bocages,
Où l'arrête un nouveau plaisir,
On aime à le revoir, bordé de joncs flexibles,
Dans les prés verdoyans, dessus des lacs paisibles,
Promener lentement ses paresseuses eaux;
Et, lorsqu'il quitte les roseaux,
Pressant sa course vagabonde,
On veut encor suivre son onde,
Qui bouillonne en fuyant sur un lit incertain
De cailloux arrondis et de sable argentin.
Oui, toujours l'aimable nature,
Évitant l'uniformité,
Se plaît, sous nouvelle parure,
A faire aimer ses jeux par la diversité.
Nous aimons la variété :
C'est elle que toujours le plaisir accompagne
A la ville, à la cour ainsi qu'à la campagne.

LE PATRIARCHE ET SES ENFANS.

FABLE.

—

Les patriarches, bonnes gens,
 Étaient de grands faiseurs d'enfans.
Il est vrai qu'ils avaient à repeupler la terre ;
 C'était pour eux la grande affaire ;
Et ces zélés pasteurs n'y perdaient pas le temps.
 Celui dont parle mon histoire
Comptait bien plus de fils que l'an compte de jours ;
Mais un seul, Benjamin (la chose se peut croire
Quand on voit parmi nous des semblables amours),
 Un seul, dis-je, avait sa tendresse ;
 Les autres pour lui n'étaient rien...
Que dis-je! ils étaient tout : ils faisaient sa richesse,
Engraissaient ses troupeaux et cultivaient son bien,
 Tandis que le chéri du père,
Indolent, orgueilleux, mauvais fils, mauvais frère,
Perfide accusateur, brouille tous ses parens ;

Porte son faible père à maudir ses enfans ;
  Dévore, dissipe, gaspille
Les fruits de leurs travaux, les biens de la famille.
  Aussi ses frères mécontens,
Maudissent Benjamin, accusent ses penchans ;
Ils réclament leurs droits, se plaignent à leur père,
Qui s'étonne, s'indigne et se met en colère
Contre ses meilleurs fils, indignement traités,
Qu'il considère tous comme des révoltés.
Il voulait même un jour, dans sa triste démence,
  Immoler ceux de ses enfans
Qui s'étaient quelquefois, aigris par la souffrance,
  Livrés à des emportemens.
Pourtant ils méritaient toute son indulgence :
Leurs esprits étaient prompts, mais leurs cœurs innocens,
Et le père aveuglé par le plus jeune frère,
Allait injustement assouvir sa colère,
Quand un ange apparut. On sait que dans ces temps
Les anges quelquefois descendaient sur la terre.
Rapporterai-je ici ce que cet ange dit?...
  Non : je crois qu'il suffit
Qu'on apprenne en deux mots qu'il éclaira le père ;
  Lui dicta ce qu'il devait faire ;
Que le père aussitôt embrassa tous ses fils ;
Les pressa sur son cœur sans nulle différence ;
Que Benjamin fut humble, à ses devoirs soumis ;

Que ses frères enfin, dans leur reconnaissauce,
De l'amour fraternel, de l'amour filial
Donnèrent un exemple encore sans égal.
Hélas! que ne vient-il aujourd'hui sur la terre,
Des anges exercer le même ministère!

Que de gens poursuivis comme des révoltés,
Qui ne sont que des fils, des frères maltraités.
Pour juger leur grand cœur, et leur digne noblesse,
Il suffit d'être juste et père sans faiblesse.

LE TABLEAU ET LA GLACE.

FABLE.

—

Un excellent tableau, sous un verre crasseux,
Attirait les regards de tous les curieux.
    Le cadre tombe : adieu la glace !
    Mais quel fut le sort du tableau?...
    Sans verre il n'en fut que plus beau.

Ainsi des souverains, certaines gens en place
    Dérobent à nos yeux
    Les traits les plus heureux.

LES DEUX CHATS.

FABLE.

—

Un chat (aucuns ont dit une chatte aux doux yeux),
Un chat, parfait Nitouche et fort dévotieux,
S'entend un maître chat, docteur en fourberie,
Un beau jour de sabbat, se trouva de frairie
Dans le vaste désert d'un galetas poudreux.
 Là, nos chats bruyans et joyeux,
En goguettes, bientôt, oubliant toute affaire,
Laissant paisiblement les rats sur la gouttière,
S'ébaudir, et partout marauder au hasard,
Jasèrent à l'envi sur le tiers et le quart :
 Certains en style de commère,
D'autres, eu beaux esprits, lançant plus d'un brocard :
Non pas Nitouche, au moins ! car il n'est pas bavard !
Il ne médit jamais ; Nitouche laisse faire.
 On perd rarement à se taire,
 Et c'est le précepte que suit

Le chat au maintien débonnaire,
Qui préfère, en un coin, de ce que chacun dit
Se repaître eu silence et faire son profit.
En lui tout est calcul, en lui tout est mystère.
Aussi, critique-t-on quelque confrère absent,
    Nitouche, à tout propos plaisant,
Épigramme, bon mot, et sornettes pareilles,
Ferme humblement les yeux, mais ouvre les oreilles,
Et par un mot, un geste en faveur du prochain,
Seul paraît indulgent, seul se montre bénin.
Là-dessus, un matou, le croyant charitable,
Lui dit : Un grand malheur, une mort effroyable
Menace votre ami, Griffaud, votre cousin !
    L'autre soir, dans le voisinage,
    Il tomba d'un quatrième étage ;
Il ne peut se mouvoir, il va mourir de faim.
Je lui réserve là ce reste de festin ;
    Mais vous avez certain fromage.....
— Comment ! Griffaud mourant? vous me fendez le cœur !
    Répondit le chat hypocrite ;
Si j'avais pu prévoir cet étrange malheur... !
Mais des morceaux friands jamais je ne profite,
    Ce fromage était pour l'ermite,
Et je fus, l'autre jour, conjurer le saint chat
D'accepter ce secours offert à sa misère.
    Hélas ! nous avons là, mon frère,

Un puissant avocat !
Il ne me reste rien ; mais je vais, en prière,
        Consoler, à l'intant,
                Le mourant.
— Eh quoi ! c'est ce matin que j'ai vu le fromage :
Nitouche, vous mentez !—Qu'est-ce ! dit Lardpophage,
L'un des chats qui, naguère, aux dépens de Griffaud,
S'étaient, en badinant, permis plus d'un bon mot.
— Griffaud se meurt de faim : je disais à Nitouche
De lui donner secours. Si son malheur vous touche...
        — Pourquoi parler si tard ?
S'écrie avec douleur l'ami de la saillie :
Lardpophage, ce chat imprudent babillard,
Qui vole déterrer certain morceau de lard,
Accourt, trouve Griffaud et lui sauve la vie.

Celui, dans ses propos, qui paraît peu chrétien,
Est souvent par le cœur généreux, charitable.
Tel autre qui de nous dit parfois quelque bien,
Cache un vil égoïsme, un cœur dur et coupable,
Et se fait un beau nom qui ne lui coûte rien.

PENSÉE.

Damon, pour être bien avec les courtisans,
  Se brouille avec sa conscience :
  Très-humble serviteur des grands,
Il en est méprisé; mais on le récompense.
L'honnête et franc Valcour, fidèle à ce qu'il pense,
Repoussé des emplois, en butte à des rigueurs,
Est estimé des grands, est bien dans tous les cœurs.

~~~~~~

LE CHAUVE ET LE CHEVELU.

FABLE.

—

Un chauve, un chevelu se prirent de querelle.
    Le chauve, au rival qu'il haï celle,
    Propose aussitôt le combat.
      Il accepte, on se bat.
Non point à la façon de la chevalerie;
Car les vaillans acteurs de cette tragédie,
    N'étaient point chevaliers errans ;
    Mais bien des portefaix normands,
    Qui ne connaissaient d'autre armure
Que celle qu'en naissant leur donna la nature :
    Je veux dire des pieds, des mains,
    Et de la force, et de l'adresse.
      Avec la même hardiesse.
Ils se portent des coups parés et ripostés.
Également adroits, robustes, transportés,
La victoire long-temps balança sur leurs têtes :

Tels on vit autrefois d'intrépides athlètes
S'élancer, se saisir, avec la même ardeur
    Disputer le prix du vainqueur,
    Et, forts du dieu qui les maîtrise,
Tenir long-temps entr'eux la victoire indécise.
Mais le combat finit. L'athlète au crâne nu,
    Remporte sur le chevelu
    La victoire la plus complète :
    Car le saisissant aux cheveux,
Il ébranle, il abat son rival courageux.
En vain le chevelu veut aussi par la tête,
    Saisir le chauve athlète :
    Sur un crâne glissant,
    Il ne fut qu'impuissant.
    Aussi le chauve eut l'avantage,
    Et le chevelu le dommage.

    Avec qui ne possède rien
    N'exposons jamais notre bien.

~~~~~~

FRAGMENT

D'UNE CHANSON

Chantée dans un repas de personnes d'opinions politiques
diverses.

———

Amis que le plaisir rassemble,
Heureux de vous trouver ensemble,
Sachons célébrer diguement
Ce joyeux, ce beau ralliment!
Pour le rendre à jamais aimable,
Du dieu que l'on invoque à table,
Père des ris, de l'union,
Invoquons la protection.

Pour lui faire notre prière,
Chacun, en portant son bréviaire (1),
A choisi, par dévotion,

———

(1) Chaque convive avait fourni une bouteille de son
meilleur vin.

La plus ancienne édition ;
Et personne ne pourra dire
Qu'ici nous ne sachions tous lire
Dans le bréviaire du voisin,
Pourvu qu'il soit en bon latin.

Mais pour que le dieu de la vigne
Nous comble de sa grâce insigne,
Nous devons noyer dans le vin
De nos souvenirs le venin (1).
Joyeux de nous trouver à table,
Jurons, dans un transport aimable,
D'être constamment du *côté*
Du plaisir et de la gaîté !

Chasser l'humeur mélancolique
Est la meilleure politique.
Laissons nos députés crier,
Et chacun faire son métier.
Nous, amis de la bonne chère,
Sachons, dociles à nous taire,
Mangeurs, buveurs sempiternels,
Être ici *ministériels*.

(1) Dans quelle ville des dissensions politiques n'ont-elles pas enfanté des préventions et des haines ?

Si des convives estimables,
Sans jamais cesser d'être aimables,
Pouvaient être très-*mal-pensans*,
Soyons du moins tous *bons vivans*.
Mais pour bien vivre sur la terre,
Amis, remplissons notre verre,
Et, de la plus franche amitié,
Buvons tous à notre santé.

LE CHAT, LE DOGUE,

LE PERROQUET, LA CHÈVRE ET LE CARLIN.

FABLE.

—

A force de tourner près de la casserole
    Et de goûter de maints coulis,
    Un chat apprit, à bonne école,
    A faire quelques plats choisis.
    Un jour donc il se met en tête
      De donner une fête.
Un perroquet, un dogue, une chèvre, un carlin
Vivaient sous même toit. Il va donc un matin
Les trouver : — Mes amis! c'est un jour de cocagne;
    Nous sommes seuls dans la maison :
Nos maîtres, leur dit-il, sont tous à la campagne.

18

J'ai la clef du buffet, il faut que, sans façon,
Je vous fasse goûter d'un' plat à ma manière.
On accepte, et bientôt notre chat en affaire,
 Dresse le menu du repas;
Allume les fourneaux, se met en grand tracas;
Fait son jus, ses coulis; n'y plaint point la muscade;
Sert enfin deux ragoûts, un rôt, une salade,
Et quelques petits riens que le chat crut exquis.
 C'était un vrai repas d'amis;
Car Rodillarius, ami de la fleurette,
Savait que le plaisir fuit toujours l'étiquette.
Quand on eut tout goûté, le chat en belle humeur,
 Parlant en vrai triomphateur,
Et plus content de lui que le vainqueur d'Achille,
S'écrie avec transport, se croyant fort habile :
  — Eh bien, le cuisinier,
Dites-le sans détour, connaît-il son métier? —
Et Jacob de répondre, et non point sans malice,
Que le sel gâtait tout : cet oiseau du Japon
 Aime le sucre et le bonbon.
La chèvre, qui du sel fait son plus grand délice,
Prétend que la salade est par trop fade; enfin
Le dogue, partisan des mets pleins de substance,
Trouve le coulis clair; puis le jeune carlin,
Qui vivait de brouet, dit avec assurance,
Que la sauce est épaisse et gâte le festin.

Chacun, suivant son goût, veut qu'on se rende habile:
Oh! combien je plains un auteur!
Contenter tout le monde est chose difficile:
Mieux vaut le métier de censeur.

TABLE

DES PIÈCES QUI COMPOSENT CE RECUEIL.

—

TABLE   209

CONTES.

ROMANCES.

POÉSIES DIVERSES.

FIN DE LA TABLE.

www.ingramcontent.com/pod-product-compliance
Lightning Source LLC
Chambersburg PA
CBHW061501030726
47503CB00005B/1764